두고 온 여름

두고 온 여름

초판 1쇄 발행 / 2023년 3월 17일
초판 6쇄 발행 / 2024년 12월 17일

지은이 / 성해나
펴낸이 / 염종선
책임편집 / 최수민
조판 / 황숙화
펴낸곳 / (주)창비
등록 / 1986년 8월 5일 제85호
주소 / 10881 경기도 파주시 회동길 184
전화 / 031-955-3333
팩시밀리 / 영업 031-955-3399 편집 031-955-3400
홈페이지 / www.changbi.com
전자우편 / lit@changbi.com

ISBN 978-89-364-3900-2 03810

∗ 이 책은 경기도, 경기문화재단의 지원을 받아 발간되었습니다.

두고 온 여름

성해나 소설

차례

기하

사진사였던 아버지는 여름마다 내 사진을 찍어 사진관 쇼윈도에 걸어두었다. 그건 아버지에겐 일종의 연례행사와 같아 나는 한해도 빠짐없이 카메라 앞에 서야 했다. 도복을 입고 품새를 선보이는 사진이나 커튼 머리에 브릿지를 넣은 촌스러운 사진, 돌잡이 사진. 나의 성장기가 그곳에 다 전시되어 있었다.

　내가 태어나던 해에 아버지는 강북에 있는 오십년 넘은 적산가옥을 개축해 일터 겸 거주지로 삼았다. 가옥은 가벽 하나를 두고 이편은 사진관, 저편은 세칸의 방을 둔 가정집으로 나뉘어 있었다. 나는 두 공간을 넘나들며 아버지와

백반을 시켜 먹고, 「태조 왕건」이나 프로야구를 시청하고, 문제집을 풀거나 콘솔 게임을 했다. 그러다보면 사진을 찍으러 오는 사람들이 간혹 알은척을 할 때도 있었다.

쇼윈도에 걸린 사진, 아저씨 아들내미 맞죠?

그럴 때 아버지는 내 머리칼을 마구 흩트리며 웃었다.

맞아요. 우리 아들놈.

동네에 사는 동안 나는 사진관집 외아들로 통했다. 단골손님들이나 이웃들, 친구들까지도 모두 그렇게 불렀다. 한때는 사진관 쇼윈도에 내 사진이 걸려 있는 게 부끄러워 아버지에게 불평하거나 화를 낸 적도 있었다.

저것 좀 내려요. 학교에서 애들이 얼마나 놀리는데.

창피하냐?

고개를 끄덕이는 내게 아버지는 객쩍게 웃으며 말했다.

동창들 집에 놀러 가니 어느 집 거실 벽에는 자식들 상패가 걸려 있고, 어느 집 장식장에는 금두꺼비가 놓여 있더라. 누구나 가장 귀하고 남들에게 내보이고 싶은 것을 눈에 띄는 곳에 두는 법이다. 그래도 네가 정 싫다면 내려주마.

아버지는 에둘러 말했지만, 나는 그의 의중을 어렴풋이 짐작할 수 있었다.

사진관집 외아들. 부끄러웠지만, 한편으로는 익숙하고도 특별한 별칭이었다.

나의 아버지는 무던하고 고집스러웠고, 늘 다른 이들보다 한발씩 늦었다. 동네 친구들이 원어민 강사가 있는 학원에서 파닉스를 배우기 시작하면 나는 그보다 반년 늦게 그 학원에 등록했고, 동네 학부모들 사이에서 거실에 TV 대신 책장을 놓는 붐이 일어도 우리 집은 그대로였다.

업(業)에 있어서도 다르지 않았다. 그때까지 필름 카메라를 사용하는 사진관은 동네에서 아버지의 사진관이 유일했다. 중형 필름 카메라를 삼각대에 고정하고 손님들의 사진을 찍는 아버지, 주황색 암등 아래에서 흑백사진을 인화하던 아버지의 모습이 여전히 선연하다. 디지털 사진 촬영과 보정을 전문으로 하는 스튜디오가 우후죽순 들어서는 시기였고, 아버지의 사진관 근처 상가나 대형마트에도 그런 스튜디오가 슬그머니 입점했다. 해가 갈수록 손님이 줄고 적자가 이어져도, 아버지는 꿋꿋이 사진관을 영업했다. 근 스무해를 그랬듯 새벽같이 일어나 골목을 깨끗이 쓸고 입간판을 꺼내놓고 클리너와 고무 블로어로 필름 카메라를 꼼꼼히 털고 닦고…… 조바심 없이 묵묵하기만 한 아버지를 볼 때면 나는 자꾸만 안달이 났다.

아버지, 우리도 여기 싹 정비하고 스튜디오 오픈해요.

지역 평생학습관에서 포토샵 강좌를 수강하면 어떠냐고, DSLR 카메라를 들이는 건 어떠냐고 권유해도 아버지는 들은 체 만 체 딴청을 부렸다.

그런 것도 젊은 사람들이나 쉽게 배우지. 나 같은 사람은 백날 해도 모르고 작동법도 다르고…… 지금이 편하다.

그렇게 자기 방식을 고수하던 아버지가 평생학습관에서 포토샵을 배우기 시작한 건 내가 열아홉살이 되었던 그해, 재하 모자가 집에 들어오면서부터였다.

재하 어머니는 오래전 병사해 사진으로만 봐온 나의 친어머니와 꽤 닮은 사람이었다. 쌍꺼풀 없는 눈에 구불거리는 곱슬머리, 호리호리한 체격. 아버지는 이런 여자를 좋아하는구나, 그녀를 보며 남모르게 생각한 적도 있었다. 서울 토박이였다는 친모와 달리 재하 어머니는 경상도 방언을 썼는데, 말이 빠르고 억양이 세서 가끔씩은 무슨 이야기를 하는지 전혀 알아들을 수 없었다. 뭐라고 하셨느냐 물으면 그녀는 일부러 말을 늦추며 했던 얘기를 되풀이해주었다. 그런 일이 허다했고 매번 되묻기도 무안해 나중엔 말없이 눙치거나 고개를 끄덕이며 알아들은 척 어영부영 대화를 끝맺기도 했다.

아버지는 내가 재하 어머니를 '어머니'라 부르길 원했지만, 나는 재하 어머니를 '저기' 혹은 '그쪽'이라고만 불렀다. 오랜 기간 어머니가 부재해서였는지, 내 의사와 관계없이 그녀와 가족으로 섞였다는 묘한 반발심 때문이었는지 어머니란 호칭은 입에 잘 붙지 않았고, 한집에 사는 동안 애매하게 저기, 그쪽 부르다보니 후에는 영영 고쳐 부를 수도 없게 되었다. 재하 어머니는 내가 저기요, 하고 불러도 못마땅한 기색을 보이지 않았다. 어머니라고 부르길 강요하지도 않았다. 가타부타 없이, 그저 속없는 사람처럼 그러마고 할 뿐이었다.

그래서였을까. 내게 재하 어머니는 객(客) 같았다. 언제

든 떠날 수 있고, 언젠가는 떠날 사람. 그렇게 생각한 탓인지 시간이 지나서도 그녀에게 뭘 부탁하거나 전하는 게 영 어렵기만 했다.

그에 반해 아버지와 재하는 패나 친밀했다. 아버지는 재하에게 자신을 '아버지'라 부르라 먼저 제안했고, 재하도 내 아버지를 거리낌없이 '아버지'라 부르며 잘 따랐다. 재하는 아버지와 나 사이에 금세 녹아들었다. 둘이 다니던 대중탕을 언젠가부터 셋이 함께 가게 되었고, 프로야구 중계도 셋이 나란히 앉아 봤다. 아버지와 재하 둘만 동대문운동장으로 야구 경기를 보러 간 적도 있었고.

재하는 저보다 여덟살 많은 나를 어려워하지 않았는데, 그게 아버지에게는 좋게 보였는지 늘 우리를 '아삼륙'이라 일컬었다. 맞춘 것도 아닌데 둘 다 '하' 자로 끝나는 이름에, 생김새도 비스무리하다며 아버지는 나와 재하를 은근히 엮었다.

기하, 동생 생기니 좋지?

아버지는 새 가족이 생긴 것을 기뻐했지만, 나는 좀처럼 석연치 않았다. 갑자기 여덟살이나 어린 동생이 생긴 것도 탐탁지 않았던 데다 재하의 지나친 밝음이 부담스러웠다. 아버지의 친구나 친척 어른들이 오면 재하는 넉살 좋게 술자리에 끼어들어 심부름을 했고, 뜬금없이 엉뚱하고 우스운 말을 던져 좌중을 곧잘 웃겼다. 양다리를 O자로 벌리고 흔드는 우스꽝스러운 춤을 춘다거나 그즈음 유행했던 자학 개그를 선보인다거나. 나로서는 엄두도 안 나는 일이었다.

신통하지? 우리 막내.

붙임성이 좋아 누구에게나 환심을 사는 그애를 아버지는 기특하게 여겼다. 지금 와 생각해보면 엉뚱한 행동을 하며 주목받길 고대하는 건 그 나이 대 아이들이 으레 할 법한 일인데도 당시엔 그런 재하가 너무 애쓰는 것처럼 보였고, 그애의 자조적 행동이 외모 콤플렉스에서 비롯된 건 아닌가, 거친 판단을 내리기도 했다.

재하는 아토피를 심하게 앓았다. 그애를 떠올리면 피가 비칠 때까지 팔이나 목을 벅벅 긁는 장면부터 기억난다. 염증은 몸의 접히는 부위뿐 아니라 얼굴까지 올라와 있었는데, 뺨을 반쯤 덮은 홍반 때문에 오랜 기간 친부에게 괴물 새끼라는 폭언에 시달렸다고도 들었다.

아버지와 재혼할 때 재하 어머니가 가져온 세간 중에는 사진첩도 있었다. 사진첩에는 채워진 부분보다 공백이 더 많았다. 그나마 있는 사진 중 대다수가 재하의 독사진이었는데, 죄다 얼굴을 손으로 가려 제대로 된 것을 찾을 수 없었다. 가족사진은 없냐는 아버지의 물음에 재하 어머니는 대수롭지 않게 답했다.

그런 것도 뭐 찍어줄 사람이 있어야 찍는다 아입니까.

유치원 졸업이나 돌잔치처럼 특별한 한때를 기념하는 사진 외에 재하 모자가 함께 찍은 사진은 단 한장도 없었다. 아버지는 그것을 늘 안타깝게 생각했다.

아버지가 중고 DSLR 카메라를 구입한 건 그로부터 얼마 지나지 않아서였다.

이제 나도 시류를 따라야 할 것 같아서.

겸연쩍은 듯 말끝을 흐리며 그는 세운상가에서 샀다는 니콘의 보급형 DSLR 카메라를 이리저리 살폈다. 백오십만원이 넘는, 당시로서는 거금을 들여 산 카메라였다. 아버지는 짬이 날 때나 자기 전, 출사를 나가서도 틈틈이 설명서를 들여다보며 작동법을 익혔다. 때로는 설명서를 들이밀며 내게 이것저것 물어오기도 했다.

여기 보면 프리셋 데이터를 설정…… 하라고 적혀 있는데, 도통 무슨 말인지 모르겠다.

나는 그런 아버지가 좀 어색했다.

시류를 따르겠다고 했지만, 아버지가 그 카메라를 개시한 건 사진관을 운영하는 동안 단 한번뿐이었다. 재하 모자와 같이 살기 시작한 그해에는 여름마다 나 혼자 찍던 사진을 아버지와 재하 모자와 함께 찍었다. 아버지도 재하 어머니도 가족사진을 찍기는 처음이라 아침부터 분주했다. 거실에 여러벌의 옷을 벌여놓은 채 무슨 옷을 입을지 고민하는 이들 틈에 나 혼자 뚱하게 앉아 있었다.

아버지와 재하 어머니는 자주 다퉜다. 대부분 재하의 친부 때문이었다. 가족사진을 찍기 전날 밤에도 그들은 그 문제를 놓고 실랑이를 벌였다. 그 남자가 재하 어머니의 직장으로 전화를 걸어 친권 명목으로 얼마의 돈을 요

구하더라는 이야기가, 돈을 주는 게 어떠냐고 설득하는 아버지와 그걸 왜 주느냐고 나무라는 재하 어머니의 목소리가 벽을 통해 전해졌다. 아버지와 나 둘만 살 땐 들리지 않던 잡음이 밤새 지속되자, 나는 그 모든 일을 재하 어머니 탓으로 돌릴 수밖에 없었다. 저 여자가 우리 아버지를 꿰어서, 겪지 않아도 될 불행까지 전부 끌고 와서 이 사달이 났다고.

못마땅한 얼굴로 앉아 있던 내가 신경 쓰였는지 재하 어머니는 곱슬거리는 머리를 펴다 말고 슬그머니 다가와 쇼핑백 하나를 건넸다.

이거 니 생일 때 줄라 캤는데…… 맞는지 함 입어봐라. 내 사이즈를 몰라가.

쇼핑백 안엔 타미 힐피거 로고가 박힌 남색 폴로셔츠가 들어 있었다. 나는 감사하단 인사 대신 고개를 한번 푹 숙이고 쭈뼛쭈뼛 방으로 들어갔다. 셔츠는 몸에 딱 맞았다. 면으로 짜인 부드러운 원단을 손바닥으로 천천히 쓸어보았다. 아버지 말고 다른 누군가가 골라준 옷을 입은 건 기억하는 한 그때가 처음이었다. 더군다나 타미 힐피거라니.

유행 지난 지가 언젠데.

투덜대면서도 나는 거울 앞에 서서 셔츠의 깃을 올려보기도 하고, 단추를 두개쯤 풀었다가 끝까지 채워보기도 했다. 갑자기 가족이 될 수 있을 리 없다고, 인색하게 거리를 벌리다가도 이런 순간이면, 차곡차곡 쌓아온 미움이 맥없이 허물어지고 마음이 부드럽게 기울었다. 언젠가는 저 여자를 어머니라고 부를 수도 있지 않을까, 그런 생각을 어렴풋이 품기도 했다. 다른 옷으로 갈아입을까 잠시 고민하다 결국 셔츠를 그대로 걸친 채 사진관으로 향했다.

아버지는 평소 입지 않던 양복까지 차려입고 진지한 얼굴로 카메라를 세팅하고 있었다.

왔냐. 너도 저기 앉아라.

아버지가 아틀리에의 조명 아래를 가리키며 말했다. 그곳에 내 것과 똑같은 폴로셔츠를 입은 재하가 그애의 어머니와 함께 서 있었다.

이래 입히노이 꼭 아삼륙 같네.

나와 재하를 번갈아 보며 재하 어머니는 말했다. 그녀의 말에 재하는 은근히 좋아하는 눈치였지만, 나는 아니었다. 그애와 같은 옷을 입고 사진을 찍어야 한다는 게, 그렇게 이복형제로 공공연히 알려지는 게 영 거슬리고 내키지 않았다.

자, 이제 찍자.

아버지의 말에 재하는 소파에 앉고 재하 어머니는 그 뒤편에 자리를 잡았다.

형, 여기 앉아.

재하는 자신의 옆자리를 툭툭 치며 내게 앉으라 속삭였다. 자리에 앉는 대신 나는 카메라 앞에 선 아버지의 뒷모습을 쏘아보았다. 그에게 말하고 싶었다. 이런 짓 좀 안 하면 안 되냐고, 난 저 사람들을 가족으로 맞을 준비가 되지 않았다고.

하지만 콧노래까지 작게 흥얼거리며 삼각대를 이리저리 만지는 아버지를 보고 있노라면 그런 말은 쉽사리 나오지 않았다.

DSLR 조작이 미숙한 탓에 아버지는 카메라가 설치된 자리와 아틀리에를 여러번 오갔다. 타이머를 잘못 맞춰서, 조리개를 너무 크게 열어두어, 셔터를 누르지 않아 그는 내내 애를 먹었다.

그냥 필름 카메라로 찍지 그래요.

내가 보다 못해 말하자 아버지는 민망한 듯 웃으며 중얼댔다.

그러게, 만만찮다 이거.

연신 씨름을 하면서도 그는 카메라를 바꾸지 않았다. 서툴게나마 여러 버튼을 만지작거리며 재하랑 둘이 얼굴 좀 맞대봐라, 어깨에 손 좀 올려봐라, 열을 올렸다.

자, 표정 풀고. 이제 진짜 찍는다. 치—즈.

모든 준비를 마친 아버지가 셔터를 눌렀을 때, 재하의 뺨이 내 어깨에 살짝 닿았다. 나도 모르게 움찔하며 몸을 뗐다. 그애는 어떤 반응도 보이지 않았고 후에도 아무 말 없었지만, 아마 느꼈으리라 생각한다. 그애를 향한 내 날선 감정. 꺼려하고 밀쳐내던 모난 마음을.

아버지는 사진관에 있는 액자 중 가장 튼튼하고 비싼 것에 가족사진을 끼워 넣었다. 그리고 그 사진을 어김없이 사진관 쇼윈도에 내 독사진들과 나란히 걸어두었다. 아버지가 평생학습관에서 속성으로 익힌 어설픈 보정 기술 때문에 사진은 전체적으로 명도도 높고 윤곽도 흐릿했다. 얼굴에도 잡티나 주름이 군데군데 남아 있었다. 허술하고 흠 잡을 부분이 많았으나 재하 얼굴의 흉터만큼은 유달리 신경 쓴 것처럼 말끔히 지워져 있었다.

사진관 앞을 지날 때마다 친구들은 그 사진을 보며 한마디씩 던졌다.

이렇게 보니까 둘이 닮은 것 같기도 하고.

똑같은 셔츠를 입어 누구라도 형제라고 생각할 수밖에 없는 사진 속 남자애들. 타미 힐피거 셔츠와 재하의 깨끗한 뺨을 번갈아 보다 나는 닮긴 뭘 닮았냐고 화를 냈다.

*

한여름에 접어들며 재하의 홍반은 점차 더 붉어지기 시작했고, 습하거나 땀을 많이 흘리면 상태가 쉽게 악화되었다. 큰 병원에 가봐야 할 것 같다는 아버지의 우려에도 재하 어머니는 괜찮다고, 이때까지 별다른 치료 없이 동네 의원에서 처방받은 연고만 발라왔다고 안심시켰다.

재하의 아토피가 극심해지고부터 재하 어머니는 매일 밤 직접 재하를 씻겼다. 그들 모자가 하루 중 유일하게 붙어 있는 시간이었다.

재하 어머니는 평소 재하와 나를 똑같이 챙기려 부단히 애를 썼다. 재하의 잠자리를 봐준 뒤에는 꼭 내 잠자리도 봐주었고—필요 없다고 몇번이나 거절했음에도—저녁상에는 재하가 좋아하는 반찬과 내가 좋아하는 반찬을 하나씩 차려주었다. 재하의 생일에 내 선물까지 함께 챙겨준 적도 있었는데, 그때는 정말이지 그녀의 공평한 애정에 질식할 것 같았다. 선물 포장지를 풀어보지도 않고 나는 그녀에게 조용히 쏘아붙였다.

저기요, 이러지 않으셔도 돼요.

응?

이렇게 애쓰지 않아도 된다고요.

일부러 모진 말을 뱉었음에도 그녀는 이후로도 꾸준히 재하에게 내어준 애정을 내게도 동일하게 주려 노력했다. 그렇다고 피를 나눈 이들 간의 애틋함이나 살뜰함이 숨겨지는 건 아니었다.

재하 모자는 매일 밤 욕실에서 둘만 아는 이야기를 속닥였다. 무심코 욕실 앞을 지나다 그들이 나누는 이야기를 들은 적도 있었다. 아직도 자신이 괴물 새끼냐고 묻는 재하의 목소리와 뽀득뽀득 그애를 씻기는 소리, 그리고

아가, 이젠 다 괜안타…… 괜안타, 괜않을 기다.

속삭이던 재하 어머니의 목소리. 오랜 시간 스테로이드 연고에만 의지한 피부는 약한 자극에도 쉽게 상했다. 새빨갛게 부어오른 자리에서 진물이 흘렀을 때에야 재하는 비로소 병원으로 향했다.

재하는 매주 수요일마다 대학병원의 아토피 클리닉에 다녔다. 그애의 보호자는 아버지였다가 재하 어머니, 종국엔 내가 되었다. 사진관에 붙박여 있어야 하는 아버지와 학습지 교사로 주말도 없이 일하는 재하 어머니를 대신해 한두번 동행하다보니 어느 순간부터는 아예 내 전담이 되어버렸다. 치료가 끝나기를 기다렸다가 함께 돌아오는 일. 그뿐이었는데도 재하 어머니는 때마다 빼먹지 않고 용돈을 챙겨주었다. 아버지에게 다달이 용돈을 받긴 했지

만 늘 부족한 게 사실이었다. 그런 사정을 그녀도 눈치챘는지 내가 시험을 보거나 야자를 하느라 병원에 동행하지 못하는 날에도 용돈은 꼭 챙겨주었다. 그 때문에 나는 더더욱 발을 뺄 수 없었다.

재하는 내가 병동 안까지 따라 들어가는 것을 꺼렸다. 그애가 치료를 받는 동안 나는 별관 주차장에서 담배를 피우거나 로비에 앉아 음악을 들으며 시간을 죽였다. 치료가 길어질 때도 있었지만, 256메가바이트 엠피스리에 저장한 음악을 띄엄띄엄 듣고 있으면 그애가 멀리서 나를 찾느라 두리번거리는 게 보였다. 얼굴에 커다란 드레싱 시트를 붙인 재하에게

아프진 않았냐.

말을 붙이면 그애는 그렇다, 아니다 왈가왈부하는 대신 형, 나 배고파. 밥 먹으러 가자.

슬며시 말문을 돌렸다.

재하는 병원 구내식당의 밍밍한 카레라이스나 속이 부실한 샌드위치를 좋아하지 않아 ─ 나 역시 그랬지만 ─ 우리는 매번 대학로까지 내려가 어느 중식당에서 저녁을

먹었다. 그 식당은 화교가 운영하는 곳으로 기본 메뉴 외에 경장육사나 빠스 같은 본토 메뉴도 팔았다. 중국 냉면도 그중 하나였다. 그 여름 재하는 꼭 땅콩 소스가 듬뿍 들어간 중국 냉면을 먹었다. 그애는 국물이 탁해질 때까지 소스를 풀어 먹는 걸 좋아했다. 나는 그 반대였고.

일년 내내 먹을 수 있으면 좋겠다.

냉면을 앞에 두고 재하는 말했다. 식사를 하는 동안에도 그애는 담당의에게서 들은 진료 소견이나 치료 경과 따위는 거의 이야기하지 않았다. 대신 학습만화에서 주워 읽은 잡지식들을 주절주절 늘어놓았다. 공중에서 양분을 얻는 식물에 관한 이야기나 어느 포유동물이든 평생 심장 뛰는 횟수는 같단 이야기를 주절주절. 주로 그애가 말하고 나는 듣기만 하는 일방적인 대화가 이어졌다.

형. 토마토는 과일이게, 채소게.

고명으로 올린 토마토를 가리키며 재하가 물었다.

몰라.

국물에 땅콩 소스가 섞이지 않게 살살 젓가락질을 하며 나는 건성으로 대꾸했다. 소스가 잘 스며들도록 면을 골

고루 섞으며 재하는 답했다.

식물학적으로는 과일인데 법적으로는 채소래. 웃기지?

전혀 웃기지 않은 이야기였지만, 나는 고개를 끄덕였다. 내 표정을 곰곰이 살피다 재하는 조심스레 말을 이었다.

근데 난 어느 쪽이든 괜찮다고 봐. 과일이든 채소든. 그런 게 다 무슨 상관이야.

음식을 씹을 때마다 그애 볼에 붙은 드레싱 시트가 살짝씩 벌어졌다. 검진이 있는 날이면 재하는 평소보다 더 말이 많아졌고 더 크게 웃었다. 겁이 나는 걸 감추려 안간힘 쓰는 게 빤히 보였다. 내가 모르는 재하의 표정. 그런 것이 언뜻 비칠 때마다 그애를 향한 묵은 오해나 염오가 한층 누그러졌다. 면을 건져 먹는 재하를 보며 저 애가 내 친동생이라면 어땠을까, 잠시 가정해보기도 했다. 투박하고 거침없이 속엣말을 쏟아내며 보다 친밀해질 수 있었다면. 서로에게 시큰둥하다가도 어느 순간 자연스럽게 드러나는 끈끈한 우애 같은 것을 우리가 처음부터 나눌 수 있었다면.

나는 내 몫의 땅콩 소스를 그애의 그릇에 덜어주었다.

면을 두 볼 가득 문 채 재하는 가만히 웃었다.

*

주기적으로 치료를 받는데도 재하 얼굴의 홍반은 옅어질 기미를 보이지 않았다. 오랜 기간 염증을 방치해왔기에 남들보다 호전이 더딜 거라 담당의가 여러번 강조했지만, 우리 중 누구도 그 말을 새겨듣지 않았다. 특히 아버지가 그랬다.

원래 의사들이 그래. 다 고칠 수 있으면서 지레 겁먹고 하는 소리다.

재하를 안심시키려는 말 같기도 했지만, 그보다는 아버지 스스로 그렇게 믿고 싶어하는 듯했다. 수고와 돈을 들이면 언젠가는 회복될 거란 희망. 맹목적인 기원. 그 믿음의 기저에 죽은 친모에 대한 죄의식이 깔려 있음을 나는 모르지 않았다.

어느 수요일, 아버지는 사진관 문을 닫고 재하와 나를

따라나섰다. 모처럼 연차를 낸 재하 어머니도 합류해 어쩌다보니 네 사람이 모두 병원에 동행하게 되었다. 여름내 눅진했던 공기가 조금씩 산뜻해지던 구월 초순이었다. 살을 적당히 데우는 햇빛, 바람이 부는 방향으로 흔들리는 우듬지, 산책하는 사람들. 차창 밖으로 펼쳐지는 풍경에 재하 어머니는 꼭 놀러 가는 것 같다고 설레발을 쳤다. 재하 모자와 살게 된 후 처음으로 함께 하는 외출이었다. 날이 좋아서인지 아버지도 간만에 들떠 있었고, 나 역시 그런 분위기가 싫지 않았다. 저마다 상기된 이들 틈에 재하만 입을 다문 채 창밖을 보고 있었다.

소아병동에 들어서자 소독약 냄새가 진하게 풍겨왔다. 병동으로 들어가본 건 그때가 처음이었다. 오고 가는 환자들로 병동 안은 소란스러웠다.

저 혼자 들어가면 안 돼요?

아토피 클리닉 앞에서 재하는 걸음을 멈췄다.

무슨 소리냐. 그래도 여기까지 왔는데 같이 가야지.

아버지는 자기가 따라 들어가 상담도 하고 설명도 들

으면 뭔가 달라질 거라 믿는 것 같았다. 더 나은 방향으로, 긍정적인 방향으로. 재하의 차례가 되자 아버지는 말릴 틈도 없이 치료실로 따라 들어갔다. 재하 어머니도 같이 들어가려다 돌아와 내 옆에 앉았다.

내는 심장이 떨리가……

그녀와 나는 로비에 나란히 앉아 치료가 끝나길 기다렸다. 그녀도 나도 침묵을 잘 견디지 못했는데 그렇다고 둘다 말재간이 있는 편도 아니어서 대화가 자주 끊겼다. 그녀는 내게 질문을 거의 하지 않았다. 나 역시도 그랬다. 이런저런 질문 거리가 떠올라도 섣불리 입 밖으로 내지 않았다. 이건 우리 사이에 해도 좋을 말, 이건 그렇지 않은 말. 각을 재고 말을 삼키길 반복했다. 재하나 아버지에 관한 이야기만으로 간신히 대화를 이어가던 중 재하 어머니가 돌연 말했다.

그분도…… 아팠다 카던데.

친모 이야기를 하는 것 같았다. 친모의 죽음에 대해 내가 알고 있는 건 그리 많지 않았다. 암이 뼈까지 전이되었을 때 발견되어 손쓸 틈도 없었다는 것, 개복을 해보자는 아버지의 청을 의사와 친척들 모두 거절했다는 것 정도. 비밀은 아니었지만 그런 이야기를 재하 어머니와 속속들이 공유하고 싶진 않았다.

전 잘 몰라요.

퉁명스러운 나의 대꾸에 재하 어머니는 잠시 생각에 잠긴 듯 보였다.

내도 얼라 때 엄마가 돌아가셔가…… 니 맘 안다.

엄마가 땋아준 머리를 하고 학교에 오는 애들이 제일 부러웠다고, 엄마와 장을 보거나 다투고 화해하는 경험을 꼭 한번쯤 해보고 싶었다고 그녀는 더듬더듬 이야기했다.

사랑받지 못해 그카나, 주는 것도 이래 어렵다.

목덜미나 팔 안쪽이 발갛게 헌 아이들이 잇따라 치료실에서 나왔다. 문이 열릴 때마다 치료실 안의 소리가 고스란히 전해졌다. 울음소리, 간헐적으로 들리는 레이저 소리, 비명소리…… 어느 것이 재하의 비명인지, 울음인지 좀처럼 가늠이 되지 않았다. 엠피스리라도 가져올걸, 생각하며 재하 어머니 쪽을 보았다. 어느 순간부터 그녀는 더 이상 말을 잇지 못하고 치료실 쪽만 뚫어져라 바라보고 있었다.

아버지와 재하는 한참이 지나서야 나왔다. 재하의 뺨과 팔다리에 커다란 드레싱 시트가 붙어 있었고, 발갛게 짓무른 눈가는 축축했다.

다음 치료부터는 좀 덜 아플 거라고 하네.

아버지는 재하 어머니를 안심시키려는 듯 대수롭지 않게 말했지만 핏기가 가신 얼굴에선 확신이라곤 찾아볼 수 없었다.

*

돌아오는 차 안에선 약속이라도 한 것처럼 누구도 먼저 입을 떼지 않았다. 재하는 포터블 게임기로 테트리스를 했다. 그애가 게임을 할 때면 으레 잔소리를 늘어놓던 재하 어머니도 그날만큼은 말을 아꼈다. 대교를 지날 즈음, 가라앉은 분위기를 환기하려는 듯 아버지가 운을 뗐다.

우리, 어디 바람이라도 쐬러 갈까.

……그럴까요?

재하 어머니가 ── 약간은 떨떠름한 반응이었지만 ──
동조하자 아버지는 룸미러로 시선을 돌렸다.

너는 어떠냐?

나는 뜸을 들이다 잘 모르겠다고 답했다.

아니, 네가 아니라……

말을 흐리며 아버지는 재하 쪽을 보았다.

재하, 어떠냐?

아버지가 다시 물었고, 그제야 재하가 고개를 주억였
다. 내 의사도 물어봐주기를 기다렸지만, 끝내 어떤 질문
도 돌아오지 않았다. 차를 돌려 인릉으로 향하는 동안에
도 아버지는 내가 아니라 재하에게만 말을 붙이고 의중을
살폈다. 재하와 룸미러 속 아버지를 번갈아보며 나는 턱
끝에서 찰랑이는 말들을 억지로 삼켰다.

차문을 열자 아직 가시지 않은 여름의 잔향이 밀려들었
다. 숨을 깊이 들이마신 뒤, 주위를 둘러보았다. 인릉은 아
버지가 즐겨 찾는 출사지였다. 울창한 오리나무숲이 봉분
을 둘러싸고 있었는데 그 풍경이 계절마다, 순간마다 달

랐다.

능으로 향하기 전, 아버지는 글러브 박스에서 콘탁스의 RF 카메라를 꺼냈다. 그 카메라는 아버지의 아버지, 그러니까 내 할아버지가 쓰던 것으로 맞는 렌즈를 구하기 어려울 정도로 낡았지만, 포커싱 속도가 빠르고 왜곡이 적어 결과물은 대개 근사했다. 필름 한 롤로 찍을 수 있는 사진은 서른여섯장이었다. 아버지는 숲 이곳저곳을 누비며 서른여섯번의 순간을 신중히 포착했다. 사진관 밖에서 아버지의 주된 피사체는 사람이 아니라 정물이었다. 그중에서도 생명력이 없는 것을 주로 찍었다. 죽은 곤충이나 영양분이 없어 마른 나무, 뱀의 허물. 그런 것을 오래 관찰하고 더듬다 언제 찍을까 싶을 때 겨우 셔터를 눌렀다.

숲길을 지나 능에 다다랐을 즈음, 아버지가 불현듯 홍살문 앞에서 멈춰 섰다. 그는 홍살문에서 정자각까지 이어진 돌길을 뷰파인더로 유심히 들여다본 뒤 허공에 포커스를 맞추고 몇차례 셔터를 눌렀다.

산자도 망자도 이 문으로 드나든댄다. 보이냐 너희도?

아버지는 뜬금없는 말을 던지고는 사진 찍은 자리를 물

끄러미 바라보았다. 무언가 서 있는 것처럼. 한동안 허공을 보다 그는 천천히 문을 통과했다. 재하 어머니가 뒤를 따랐고, 시무룩한 얼굴의 재하가 그다음으로 문을 지났다. 나는 맨 끝에서 그들을 쫓았다. 분명 그들과 가까이 있는데도 그들이 너무 멀리, 내가 쫓을 수도 없을 만큼 멀리 떨어져 있는 것처럼 느껴졌다.

우리는 정자각을 지나 숲을 끼고 능 주위를 걸었다.

여기가 누구 능인지 아냐?

능 앞에서 아버지가 물어왔다. 나를 향한 질문은 아니었다. 인릉이 누구의 능인지 나는 오래전부터 그에게 들어왔으니까.

인조 아인교?

재하 어머니가 답했다. 대꾸하는 대신 아버지는 재하를 쳐다보았다. 병원에서 나온 뒤부터 그애는 한마디도 하지 않았다. 지친 것 같기도, 슬픈 것 같기도 했다. 드레싱한 부위를 만지며 그애는 자주 표정을 구겼다. 아버지는 그런 재하를 주의 깊게 살폈다.

재하, 이리 와봐라.

아버지는 능 한편에 서 있는 오리나무를 가리켰다. 우화(羽化)의 흔적이 고스란히 남은 선퇴가 줄기에 붙어 있었다. 선퇴를 톡 건드리자 나뭇잎이 부서지는 듯한 소리가 났다. 내내 뚱해 있던 재하가 조금 관심을 보였고, 아버지의 얼굴에서도 침울함이 서서히 가셨다.

이거 네가 찍어볼래?

손끝으로 허물을 건드리는 재하에게 아버지는 카메라를 건네주었다.

이게 조리개고, 숫자가 1이 될 때까지 카운터를 돌려야 필름이 장전되는 거야.

그는 다정히 조작법을 일러주었다. 내게는 한번도 보여준 적 없는 모습이었다. 그 카메라로 사진을 한장만 찍어보면 안 되냐고 내가 물을 때마다 아버지는 고개를 젓거나 묵언으로 답을 대신하곤 했다.

아버지가 그것을 귀중히 여긴다는 걸 알기에 나는 언제나 더 간청하거나 매달리지 못했다. 그 카메라는 할아버지의 유품이었고, IMF를 지나면서도 아버지가 전당포에 담보로 맡기지 않은 유일한 물건이었으니까.

한데 그런 카메라를 재하에겐 선뜻 허락했던 것이다.

어설프게 감도를 조절하고 셔터를 누르는 재하를 보며 아버지는 짧게 감탄사를 내뱉었다.

야, 재하 너 소질 있다.

그 말에 재하 어머니가 손을 내저었다.

아이고, 소질은 무슨. 당신, 아한테 자꾸 바람 넣지 마소.

그녀는 당혹스러움을 감추지 못하며 다소 과장되게 말했다. 친밀하게 붙어 있는 아버지와 재하를 보자 울화가 치밀었다. 아슬아슬하게나마 유지되던 균형이 단번에 한쪽으로 확 기우는 듯한 느낌. 아버지가 부르는 '네'가 내가 아니라는 배신감.

재하 모자 때문에 곤란을 겪으면서, 매일 밤 기나긴 언쟁을 벌이면서 아버지는 왜 이렇게까지 가정을 유지하려 애쓰는 걸까. 아버지를 이해해보려 해도 서운함은 사라지지 않았다. 아버지와 나 사이 단단하게 엮여 있던 굵은 선 하나가 점점 헐거워지다 어느새 툭 끊긴 느낌.

재하가 아버지의 카메라로 사진을 찍는 동안 재하 어머니는 내 눈치를 보며 오늘 저녁은 뭐가 좋을지 물어왔다.

돼지 앞다리살을 넣어 김치찌개를 끓일지, 노각 남은 게 있는데 그걸 무쳐 먹을지. 그건 무뚝뚝하고 표현에 서툰 그녀가 나를 달래려는—혹은 나와 가까워지려는—최선의 노력이자 아주 미숙한 사랑법이었겠지만, 그때의 나는 그걸 몰랐다. 아니, 알았다 하더라도 인정하고 싶지 않았다.

아님 니 좋아하는 콩잎 짠지 좀 해주까?

슬그머니 팔짱을 끼는 그녀를 나는 확 밀쳐냈다.

더워요…… 날도 더운데, 왜.

밀쳐내는 힘에서 감정이 느껴졌던 걸까. 그녀의 얼굴이 일순간 굳어졌다. 이내 그녀는 조용히 중얼댔다.

글쎄. 날이 더븐데 눈치도 없이……

그때 그녀의 얼굴에 떠오른 표정들. 무안함과 서운함을 애써 감추고 공연히 손부채를 부치며 덥네, 날이 참 덥다, 하던 모습을 나는 지금도 기억한다.

들어올 때와 같이 정자각을 지나고 홍살문을 빠져나오는 동안 우리 네 사람은 조금씩 떨어져 걸었다. 재하는 카메라에 흥미를 잃었는지 아버지에게 그것을 돌려주고 다시 게임을 하고 있었다. 농밀하게 자란 오리나무 사이에서 한 무리 새떼가 날아올랐다. 능을 완전히 나서기 전, 나는 잠시 뒤를 돌아보았다. 아무것도 두고 온 게 없는데 무언가 두고 온 것만 같았다. 푸른 기운을 띠던 숲이 자줏빛으로 서서히 물들고 있었다.

*

이듬해 대학에 입학하고 기숙사에 들어간 뒤로 본가에 들르는 횟수는 점차 줄어들었다. 기껏해야 일년에 두어 번. 여름옷이나 겨울옷이 필요할 때에만 들렀고, 명절도 집이 아니라 기숙사에서 쉬었다. 그게 훨씬 마음 편했다.

종종 전화가 걸려왔다. 대부분 아버지가 건 전화였고, 아버지 다음에는 재하가, 끝에는 재하 어머니가 전화를 이어 받곤 했다. 뚝뚝 끊기는 대화, 어색하고 긴 침묵, 호흡을 가다듬거나 숨을 크게 뱉는 소리. 또렷이 느껴지는 간극을 견디기 어려워 나는 일부러 짧게 대꾸하거나 급한 일이 있다며 서둘러 전화를 끊곤 했다.

입대한 다음부터 그들과의 연락은 더 뜸해졌다. 주에 한번은 하던 통화가 보름에 한번으로, 달에 한번으로 줄어들다 후에는 그마저도 않게 되었다.

제대를 얼마 앞둔 어느 날 새벽, 부대로 느닷없이 전화가 걸려왔다. 잠에서 덜 깬 채로 전화를 받았다. 재하 어머니였다. 길게는 이야기 못할 것 같다고 하면서도 그녀는 쉽게 운을 떼지 못했다. 한참 만에 그녀는 푹 가라앉은 음성으로 말을 이었다.

니 줄라고 콩잎 짠지 좀 맹글어봤는데…… 넘 마이 맹글었나싶다.

수화기 너머에서 숨을 크게 들이쉬고 내쉬는 소리가 선명하게 들려왔다. 중요한 용무가 있나보다 생각했는데 콩잎 짠지라니, 맥이 빠졌다.

장을 보다 콩잎을 팔길래 열단을 샀다, 잎이 억세지 않아 짠지를 담그면 좋겠더라, 왜 작년 여름에 기하 니가 짠지 하나로 밥을 두그릇이나 먹지 않았느냐, 나는 기억조차 못하는 일을 구구절절 늘어놓기도 했다. 궁금하지도 않은 그녀의 이야기를 나는 잠자코 들었다. 이런 지긋지긋한 가족 노릇에서 멀어지고 싶어, 나와 관계없는 것이 되었으면 싶어 서둘러 집을 떠나 입대한 것은 아니었을까. 그녀의 낮고 약간 쉰 듯한 목소리를 들으며 생각했다.

목을 가다듬고 오래 뜸을 들이다 그녀는 말했다.

내 손이 커갖고…… 냉장고 둘째 칸에 둘께이까 집에 오믄 무라.

알아듣기 힘든 방언을 남발하며 그녀는 몇마디를 더 했지만 노곤한 상태에서 들었던지라 그때 그녀가 했던 말은 좀처럼 기억나지 않는다.

그것이 마지막 통화였다.

아버지와 재하 어머니가 혼인신고도 하지 않은 채 사년 남짓 살았다는 건 그들이 헤어진 뒤에야 알게 되었다. 이혼하기 넉달 전 재하의 친부가 부지불식간 사진관으로 들이닥쳐 칼을 휘두르며 난동을 부렸다는 것도, 사진관 기물이 파손되고 경찰까지 출동했다는 것도.

아버지에게 전해 들은 것은 아니었다. 재하 어머니와 헤어진 이유에 대해 아버지는 별다른 말을 보태지 않았다. 인연이 다해서 헤어진 거라 에둘러 설명했을 뿐.

재하 모자가 두고 간 약간의 짐을 정리하고, 재하 어머니가 담가둔 장아찌를 처리하고, 사진관 쇼윈도에 걸린 가족사진을 떼어내는 것으로 그들과의 사년은 정리되었다. 간단하고 허탈한 이별.

아버지는 그후로 몇년 더 사진관을 운영했다. 원래도 과묵했던 아버지는 더욱 과묵한 사람이 되어 반드시 필요한 말이 아니면 하지 않았다. 사진을 찍을 때마다 습관적으로 외쳤던 치─즈도 더이상 하지 않았다.

언젠가 그에게 DSLR 카메라의 행방을 물어본 적 있었다.

아버지, 그건 어디다 뒀어요?

뭐?

DSLR이요.

아버지는 아무 반응도 보이지 않고 필름 카메라의 렌즈만 닦다 내가 거듭 소리친 뒤에야 겨우 답을 했다.

……왜?

내가 쓰려구요.

그는 무언가 곰곰이 떠올리는 듯 허공을 바라보다 다시

고개를 숙이고 렌즈를 닦았다.

잃어버렸어.

대수롭지 않게 말하는 아버지를 보며 나는 헛웃음을 쳤다.

그걸 어디서 잃어버려요?

나한테 주기 싫어서 거짓말하는 건 아니냐, 어디 가지고 나간 적은 있냐 되물어도 아버지는 꿈적도 하지 않았다. 이미 깨끗해진 렌즈만 여러번 문질러 닦을 뿐이었다.

온 집 안을 뒤져도 DSLR 카메라는 찾을 수 없었다. 다른 것들은 찾을 수 있었지만.

도복을 입고 품새를 선보이는 사진이나 커튼 머리가 유행하던 시절의 촌스러운 사진, 돌잡이 사진.

오래되어 코팅이 벗겨진 사진들 틈에 낯선 사진 한장이 끼여 있었다. 아버지가 찍었다기엔 초점이 맞지 않고 노이즈도 심한 사진이었다. 사진의 배경이 되는 숲을 골똘히 살펴보다 그것이 재하가 찍은 사진이라는 걸 깨달았다. 뻣뻣하게 걸어가는 나와 그런 내게 다가와 슬며시 팔을 두르려는 재하 어머니의 뒷모습.

그 사진을 오래, 아주 오래 들여다보다 나는 서랍 깊숙이 그것을 숨겨두었다.

재하

그 사람의 영정으로 쓸 사진을 두고 어머니와 오래 상의했습니다. 아무리 추려도 영정사진으로 쓸 만한 것을 찾을 수 없었거든요. 구치소와 교도소를 번질나게 드나들던 그 사람에겐 사진 찍을 기회가 많지 않았던 것 같습니다. 그나마 찾은 어떤 사진 속에서 그 사람은 어두컴컴한 방에서 포커를 치고 있었고, 다른 사진에서는 담배를 문 채 인상을 잔뜩 구기고 있었습니다. 그 사람은 자주 눈썹을 팔(八) 자로 찌푸렸습니다. 어머니에게 돈을 내놓으라며 옥박을 지를 때, 괴물 새끼라며 나를 모독할 때. 그 사람은 번번이 그런 표정을 지었습니다.

논의 끝에 그 사람과 어머니가 경주로 신혼여행을 갔을 때 찍은 사진을 영정으로 썼습니다. 그 사람과 팔짱을 낀 어머니를 잘라내고 사진을 확대하자 해상도가 급격히 나빠졌지만, 별 수 없었습니다. 그나마 멀쩡히 나온 사진은 그것뿐이었으니까요.

영정에는 어머니의 팔까지 그대로 들어갔습니다. 사진사가 무신경하게 손본 탓이었겠지요. 그것을 보고 어머니는 저승까지 자신의 머리채를 끌고 가는 인간이라며 불평을 토로하면서도 한편으로 그 사람을 몹시 딱하게 여겼습니다. 제대로 된 사진 한장 남기지 못하고 횡사했다면서요. 거의 평생을 무직으로 살고, 어머니 앞으로 얼마간의 빚까지 남기고 떠난 나의 친부를요.

그 사람을 연민하는 어머니도 이해할 수 없었지만, 제가 더 이해하기 어려웠던 건 새아버지였습니다. 그가 어머니의 빚을 전부 갚아주었으니까요.

*

　나의 새아버지. 그와 처음 만났을 때 저는 열살이었습니다.

　우리는 혜화에 있는 작은 중식당에서 처음 만났습니다. 정장을 말쑥하게 차려입고 긴장한 듯 땀을 훔치던 그는 어머니보다 나이가 훨씬 많아 보였지만 따뜻한 인상을 풍기는 남자였습니다. 수저를 식탁에 놓기 전 티슈를 반으로 접어 받침으로 두는 세심함이나 종업원을 '선생님'이라는 점잖은 호칭으로 부르던 것이 지금도 또렷이 기억납니다.

　어머니가 만나는 사람이 생겼다는 것을 저는 일찌감치 눈치챘습니다. 아무리 어린아이라도 그 정도 분별력은 있었으니까요.

　새아버지와 마주 앉은 어머니는 평소와는 다른 사람처럼 보였습니다. 말투도 나긋했고, 평온하고 안정해 보였습니다. 어머니가 그 사람을 피해 번호를 바꾸고 주소지를 이전하고 경찰에 접근금지 신청을 한 지 일년이 조금 넘었을 때의 일입니다. 혹여나 그 사람이 집에 찾아오지 않을까, 전학 간 학교에 무단으로 침입해 나를 데려가지 않을까 전전긍긍하고 불안해하던 나날과는 사뭇 달랐지요.

그날 새아버지는 우리에게 중국 냉면과 난자완스를 대접했습니다. 중국 음식이라면 자장면이나 짬뽕, 탕수육 정도만 겨우 맛보았는데, 그런 요리는 처음이었습니다. 닭고기로 낸 육수와 면 위에 올려진 각양각색의 고명들, 땅콩 소스. 선뜻 젓가락을 들지 못하는 저에게 그는 어색하게 말을 붙였습니다.

괜찮다. 맛을 들이면 곧 익숙해질 거야.

첫입에 혀에 감돌던 독특하지만 시원한 식감. 땅콩 소스의 묵직하고도 복잡다단한 맛. 이전에 먹어보았던 냉면과 비슷하면서도 어딘지 모르게 생소해 처음에는 꺼려졌지만, 한그릇을 천천히 비우는 동안 그의 말대로 그 맛에 차차 익숙해졌습니다.

새아버지와의 첫 만남은 그렇게 생경하고 낯설었습니다. 이후에도 그는 내가 모르던, 그간 겪어보지 못했던 새로운 세계에 발을 디디게 해주었습니다. 처음으로 직관

했던 야구 경기, 어머니가 아닌 타인이 해주었던 첫 요리 — 그는 김치볶음밥을 자주 만들어줬습니다 —, 대중탕에서 머뭇대며 그에게 등을 맡겼던 것, 그리고 가족사진. 모두 처음 경험해보는 일이었습니다. 불편하고 꺼림칙하기도 했지만, 대개는 이내 몸에 배어들었습니다. 어렸기 때문일까요. 아니면 부자(父子) 사이에서 느낄 수 있는 안정감이나 소속감, 친근감에 서서히 맛을 들였기 때문일까요.

이듬해 늦봄, 어머니와 새아버지는 몇 안 되는 친척을 불러 모아 한식당에서 조촐히 상견례를 치르는 것으로 결혼식을 대신했습니다. 새아버지 쪽에서는 여동생 둘과 아들인 기하 형이 왔습니다. 어머니 쪽에서는 부모를 대신해 당고모 할머니가 참석했고요. 참으로 어색하고 불편한 자리였습니다. 새아버지의 여동생들은 오빠의 재혼이 달갑지 않았던 모양인지 전남편과는 몇년이나 살았냐, 깨끗이 정리된 것이냐, 같은 질문들을 줄줄이 늘어놓았습니다. 어머니는 당혹스러워하면서도 그에 대한 답을 더듬더듬 내놓았습니다. 그 옆에서 당고모 할머니는 어떤 음식은 짜고, 어떤 음식은 지나치게 싱겁다며 불평할 뿐이었고요.

제 맞은편에는 기하 형이 앉아 있었습니다. 시큰둥한 얼굴로 폴더폰을 열었다 닫았다 하던 형이 기억납니다. 새아버지가 헛기침을 하며 주의를 주자 형은 그제야 고개를 들고 식사를 시작했지요. 제 몫의 음식을 부지런히 챙기는 어른들과 달리 형은 먹는 둥 마는 둥 했습니다.

기하는 입맛이 없나?

어머니가 말을 붙여도 형은 대답 없이 고개만 저었고, 분위기를 전환하려 새아버지가 농담을 던질 때는 누구보다 크게 한숨을 쉬었습니다. 간혹 식탁 밑에서 형의 발과 제 발이 부딪치기도 했는데, 그때마다 형은 얼굴을 굳히며 자세를 고쳤습니다. 온후한 인상의 새아버지와 달리 형은 뾰족하고 예민해 보였습니다. 형의 심기를 건드릴까 저는 웃지도, 까불지도 않고 조용히 젓가락질만 했지요. 후식이 나오는 시점에 어머니가 제게 슬그머니 말했습니다.

니는 형이랑 밖에 나가 놀고 올래? 어른들끼리 할 말이 있어가.

마뜩지 않았지만 어른들의 표정을 읽으며 짐짓 조숙한 척 기하 형을 따라나섰습니다.

주차장 한편에 설치된 등나무 퍼걸러에 우리는 나란히 앉았습니다. 자리에 앉자마자 형은 이어폰을 귀에 꽂고 마치 저는 거기 없는 양 곧 자기만의 세계에 빠져들었습니다. 그런 형을 저는 자꾸만 힐끗댔습니다.

아주 어릴 적, 형제가 있으면 좋겠다는 생각을 한 적이 있습니다. 어머니와 그 사람 사이에 한줌의 애틋함이 남아 있던, 어머니의 간곡한 청에 그 사람이 술과 도박을 조금씩 줄여가던 시절의 일이었지요. 그때는 이렇게 느닷없이 형제가 생길 거라고, 그것도 나이가 여덟살이나 더 많은 형이 생길 거라곤 예상하지 못했습니다.

조금이라도 거리를 좁히고자 멍하니 음악을 듣는 형에게 저는 조심스레 물었습니다.

형, 무슨 노래 들어요?

형은 이어폰 한쪽을 빼고 저를 물끄러미 바라보았습니다. 저는 재차 물었습니다.

무슨 노래 듣고 있어요?

형은 주춤거리다 손에 든 이어폰을 제게 건넸습니다.

……들을래?

형이 넘겨준 이어폰을 귀에 꽂았습니다. 커널형 이어폰을 한쪽씩 나누어 끼고 우리는 등나무 아래 말없이 앉아 있었습니다. 가사 없이 반복되던 멜로디와 코끝을 간지럽히던 은은한 등나무 향기, 앞머리를 쓸어올리던 바람.

말보다는 표정이나 분위기, 실루엣이 더 오래 기억에 남는 사람이 있습니다. 기하 형이 제겐 그런 사람이었습니다.

안경 뒤에 숨겨진 표정이 늘 어두웠던 형. 나보다 두뼘 정도 더 커서 늘 올려다봐야 했던 형. 변성기를 지나 목소리가 굵직했고, 가끔 골목에서 담배를 피우다 내게 들키면 얼굴이 굳어졌던 형.

형은 나를 어떻게 기억하고 있을까요.

상견례를 마친 후, 기하 형의 가족과 우리 식구는 등나무 퍼걸러 아래 일렬로 서서 사진을 찍었습니다. 결혼사진을 대신해 그렇게라도 순간을 기록해두자는 새아버지의 제안 때문이었지요. 왼편에는 기하 형의 가족이, 오른

편에는 우리 식구가 섰습니다.

얼결에 가족이 된 사람들이 취하는 표정과 포즈는 저마다 달랐습니다. 무표정한 기하 형의 고모들, 어색하게 웃는 어머니와 새아버지, 헤어피스를 매만지는 당고모 할머니, 고개를 다른 쪽으로 돌리고 선 기하 형, 그리고 손으로 얼굴을 반쯤 가린 나.

당시 저는 아토피가 심해 온 얼굴이며 팔다리가 울긋불긋했습니다. 오금이 간지러워 자주 발작하며 잠에서 깼고, 그때마다 온몸을 긁어대 어머니가 두꺼운 실로 손을 묶어두기도 했습니다. 누군가는 공기 맑은 교외로 나가면 금방 나을 수 있을 거라 말했고, 누군가는 값비싼 아토피 약품을 권하며 이런저런 병원을 소개해주었지요. 하지만 주말에도 일하며 두 식구의 생계를 유지해야 했던 어머니에게 그런 조언은 부담스럽고 곤란했을 것입니다. 결국에는 친척이 잘 아는 동네 의원에서 스테로이드 연고를 처방받아 바르기 시작했습니다. 하지만 약이 잘 맞지 않았던 건지 병세가 호전되기는커녕 이전보다 악화되어 상처가 곪

왔고, 두피에도 습진이 생기기 시작했습니다.

없던 살림이 새아버지와 함께 살며 조금은 폈을 때도 어머니와 저는 습관처럼 — 아마도 무지했기 때문에 — 그 동네 의원을 드나들며 스테로이드 연고를 처방받았습니다. 밤마다 빼먹지 않고 연고를 바르는데도 두피와 오금의 간지러움은 계속되었지요.

한 날은 쑥이 아토피에 좋다며 당고모 할머니가 끌고 간 약방에서 쑥뜸을 뜬 적이 있습니다. 뜸자리가 벌에 물린 것처럼 퉁퉁 붓고 붉어질 것도 모르고요. 환부를 긁고 또 긁다 결국 소리죽여 우는 저를 보고 새아버지는 기겁하며 소리를 질렀습니다. 애를 저대로 방치하면 어떻게 하느냐고, 얼마가 들든 당장 큰 병원에서 치료부터 받자고.

사진관을 운영하던 새아버지도, 학습지 교사로 일하던 어머니도 모두 생업으로 다망했던 탓에 어쩌다보니 제 보호자는 기하 형이 되었습니다. 수요일 6교시가 끝나면 형과 사진관 앞 버스 정류장에서 만났습니다. 버스를 타고 열 정거장 정도 가면 병원에 도착했던 것으로 기억합니다. 평일 오후의 버스 안은 한산하고 고요했습니다. 때로는 출발지부터 도착지까지 승객이 저와 형밖에 없기도 했고요.

버스에 타면 형은 늘 저와 멀찍이 떨어져 앉았습니다. 처음에는 눈치 없이 형의 옆자리를 차지하고 이런저런 군소리를 늘어놓기도 했지만, 그것도 얼마 지나지 않아 그만두었습니다. 어머니의 당부 때문이었지요. 병원에 가는 날이면 어머니는 밥값을 챙겨주며 거듭 주의를 주었습니다.

형 쓸데없이 귀찮게 하지 마라. 거기까지 따라가주는 것도 감사한 기라.

어머니는 밑천 없이 새아버지와 합가한 것을 두고두고 죄스러워했고, 새아버지나 기하 형에게 누를 끼치면 안 된다 못 박곤 했습니다. 어렸지만 저도 어느 정도는 체감했던 것 같습니다. 기하 형이 보호자로 매주 병원에 동행하는 것이나 새아버지가 대주는 병원비가 일종의 채무와 같다는 것을요. 혈육 사이라면 자연스러울 어떤 책임이나 보살핌이 저와 그들 사이에선 당연하지 않다는 것을요.

치료실에 들어갈 때도 그랬습니다. 저는 늘 형에게 로비에서 기다려달라 부탁하곤 했지요.

내색은 안 했지만, 형이 치료실까지 동반해주기를 남모르게 바랐습니다. 겁에 질린 나를 곁에서 다독여주고 손 잡아주길 원했습니다. 아이 혼자 감당하기에 치료는 다소 고단하고 고통스러웠으니까요. 부모의 품에 안겨 겁을 내고 왈칵 울음을 터트리는 또래를 저는 내심 부러워했습니다. 부모에게 응석을 부린 적이 많지 않았으니까요.

제가 기억하는 어머니는 항상 근심에 젖어 있었습니다. 안색이 밝고 호쾌해 타인에게는 그늘 없는 사람처럼 보였겠지만, 어머니는 곡절이 많은 사람이었습니다. 일산화탄소 중독으로 가족을 잃은 후 당고모 집에서 더부살이를 하며 육년을 지냈고, 열여덟부터 공장에서 일을 하며 그곳에서 만난 남자와 이른 나이에 결혼했습니다. 남자의 잦은 술주정과 폭언, 그리고 폭력…… 이혼을 할 수 없다며 소송까지 건 남자와 일년간 이어간 진흙탕 싸움은 그녀에게 적잖은 피로와 상실을 안겨주었을 겁니다. 그런 어머니에게 어리광을 피우거나 떼를 쓰는 게 저는 늘 어려웠습니다.

새아버지에게도 마찬가지였습니다. 아버지와 다정히

지내본 적 없는 까닭인지, 그에게 넉살 좋게 다가가다가도 어느 순간 주춤 멈춰 서게 되었습니다. 오늘은 학교에서 무슨 일이 있었나 안부를 물어줄 때. 구겨진 이불을 판판하게 펴주고 잠든 내 이마를 쓸어줄 때. 재하야, 다정히 나를 부를 때.

비정에는 금세 익숙해졌지만, 다정에는 좀체 그럴 수 없었습니다. 홀연히 나타났다가 손을 대면 스러지는 신기루처럼 한순간에 증발해버릴까, 멀어져버릴까 언제나 주춤. 가까이 다가설 수 없었습니다.

가감 없이 표현하고 바닥을 내보이는 것도 어떤 관계에서는 가능하고, 어떤 관계에서는 불가하다는 사실을 저는 알고 태어난 것일까요.

치료가 끝나면 형과 대학로에 있는 중식당까지 가서 저녁을 먹었습니다. 형은 그곳을 좋아했습니다. 특히 그곳의 중국 냉면을요. 식당에서 여름마다 내놓던 그 계절 메뉴를 별식으로 여기며 맛있게 먹었던 것으로 기억합니다. 감귤향이 풍기는 시큼한 국물이 입에 익지 않아 저는 땅콩 소스를 듬뿍 풀어 먹는데도, 형은 소스를 풀지 않고 본연의 맛 그대로를 즐기곤 했습니다.

우리는 언제나 말없이 냉면을 먹었습니다. 간혹 형에게 생각나는 대로 이런저런 말을 주워섬기곤 했지만 형은 그렇구나, 모르겠는데, 같은 미지근한 답만 반복할 뿐이었지요. 혼자 자문자답을 이어가다 제풀에 지쳐 결국 저도 입을 닫았던 것 같습니다.

제가 차차 낯을 익히고 말을 놓았을 때도 기하 형은 다정을 체화하지도, 자상하려 애쓰지도 않았습니다. 변함없이 어머니를 '그쪽'이나 '저기'로 칭했고, 저를 '동생'이나 '재하' 대신 '야' 혹은 '너'라고 불렀지요. 그래도 괴물 새끼나 곰보라는 멸칭보다는 나았으므로 저는 '야'나 '너'라는 호칭에 적응했습니다. 어머니는 그렇지 않았던 것 같지만요.

어머니는 매번 저를 은근히 떠보곤 했습니다. 이런 질문을 던지면서요.

기하가 니한테 내 얘기는 안 하드나?

당시 어머니의 온 신경은 기하 형에게 쏠려 있었습니

다. 어머니는 친모를 일찌감치 여읜 기하와 자신의 배경이 같다고, 그래서 쉽게 곁을 내주지 않는 그애를 자신은 백번이고 천번이고 이해할 수 있다고 말하곤 했습니다.

기하 갸한텐 내가 객식구 같겠지…… 피 한방울 안 섞인 사람 받아들이는 게 어디 쉽나. 그 마음 내가 안다. 백번 천번 이해한다.

말은 그렇게 해도 기하 형을 향한 애정이 비수가 되어 돌아올 때 — 일테면 형이 어머니가 싸준 도시락을 하나도 먹지 않고 그대로 들고 오거나 새아버지와 대화를 나누다 어머니의 기척을 느끼고 슬그머니 말을 멈출 때 — 마다 어머니가 마음 끓이던 것을 저는 잘 알고 있었습니다. 그럼에도 그녀는 기하 형을 탓하지 않으려 노력했습니다.

갸가 무슨 잘못이 있겠나. 내가 잘해야지, 내가 더 잘하면 되지.

노력하고 애쓰면 달라질 수 있다고 어머니는 믿었던 것 같습니다. 언젠가는 기하도 자신을 받아줄 거라고, 마음을 열 수 있을 거라고.

버터를 섞어 만든 땅콩 소스는 아무리 저어도 잘 풀리지 않았습니다. 굵직한 덩어리 그대로 면에 엉겨 붙었지요. 제가 힘겹게 젓가락질하는 모습을 빤히 보다 형은 그릇을 이리 줘보라 일렀습니다. 소스를 세심히 섞는 형을 보며 나는 우리가 친형제였다면 어땠을까, 상상해보았습니다. 우리는 둘만 아는 유머를 주고받으며 낄낄대었겠지요. 치고받으며 싸우다가도 언제 그랬냐는 듯 금세 화해했을 겁니다. 용기나 궁리 없이도 대수롭지 않게 연약한 마음을 내비쳤을 수도 있겠지요. 그런 과거가 있다면. 그런 미래가 있다면.

다 됐어.

형이 그릇을 내 쪽으로 밀었습니다. 엉겨 붙어 있던 소스가 걸죽하게 풀어져 있었습니다. 나는 형을 향해 미소 지었습니다. 형의 입가에 희미하게 미소가 번지는가 싶더니 이내 사라졌습니다.

이후에도 여러번 형과 중국 냉면을 먹었지만, 저는 그 맛에 도통 적응하지 못했습니다. 왜인지 그랬습니다.

*

지난했던 치료가 통한 건지, 시간이 지나면서 아토피는 점차 회복되었습니다. 시시때때로 고름이 차고 붉게 달아오르던 자리에 딱지가 지고 생살이 돋아나는 동안, 여러 일들이 벌어졌습니다.

그때의 기억은 몇장의 사진 안에 붙박여 있습니다.

새아버지는 어머니와 사년 만에 갈라선 뒤에도 저의 졸업식마다 찾아와 사진을 찍어주었습니다. 고교 졸업식에서 그는 제게 두툼한 사진첩 하나와 자신이 쓰던 DSLR 카메라를 주었습니다. 괜찮다고 극구 사양하는 저와 어머니에게 그는 사진관을 접으며 웬만한 것은 다 처분하고 남은 것이 이것뿐이라고, 받아달라고 거듭 말했습니다.

더 좋은 걸 주고 싶었는데, 미안하다.

그것이 새아버지와의 마지막이었습니다. 어머니는 그 사진첩을 극진히 챙겼습니다. 우리가 살던 반지하가 수해로 침수되었을 때도 그것을 어찌어찌 건져내어 임시 주거

지까지 가져갔고, 신림으로 광주로 용인으로 이사를 다니는 중에도 사진첩만큼은 빠트리지 않았습니다.

사진첩의 절반은 새아버지와 함께 살던 시절의 사진들로 빼곡했고, 절반은 텅 비어 있었습니다. 그 여백을 나와 어머니는 한면도 채우지 못했습니다. 밥벌이에 여념이 없어서였는지, 서로를 찍어주고 찍히는 데에 익숙지 않아서였는지, 모르겠습니다.

사진첩은 오래도록 채워지지 않았지만 우리는 간혹 그것을 들추어보며 삶의 한때를 반추하곤 했습니다.

사진첩 첫장에는 이천오년 오월에 찍은 사진들이 꽂혀 있습니다. 사진관 앞에 서서 수줍게 웃고 있는 서른셋의 젊은 어머니와 열두살의 나. 짐이 죄다 빠져나가고 침대와 책상만 덩그러니 남은 기하 형의 방을 열심히 쓸고 닦는 어머니의 옆모습. 카메라를 등진 스무살의 형.

그해 삼월부터 기하 형은 기숙사 생활을 시작했습니다. 넷이 살던 집에서 한 사람이 빠지자 안 그래도 조용하던 집이 더욱 적적해졌습니다.

기하는 소식 없습니까?

어머니는 자주 묻곤 했지만, 새아버지도 형의 소식을 잘 몰랐습니다. 집에서 학교까지 전철로 다섯 정거장인데도 형은 굳이 기숙사에 들어갔고, 필요한 짐을 챙길 때 외에는 집에 왕래하지 않았습니다. 기숙사에 입사하려 한다는 형의 말에 그러마고 선선히 승낙하던 새아버지와는 다르게, 어머니는 그 결정을 수용하면서도 한편으로는 걱정했습니다.

내 때문에 그카는 게 아일까 싶네.

부채감 때문인지 어머니는 틈만 나면 기하에게 전화를 해보아라, 학교 근처에 가서 기하 얼굴도 보고 밥도 사주자, 새아버지를 살살 부추겼습니다.

어느 주말 어머니의 부추김에 못 이겨 기하 형의 캠퍼스에 찾아간 적이 있습니다. 봄비가 뜨문뜨문 내려 한동안 날이 흐리고 땅이 질퍽했던 것으로 기억합니다. 그날도 가랑비가 내렸고, 우리는 차양막 아래서 비를 피했습니다.

학교가 참 번듯하네.

풀냄새와 흙내가 물씬 풍기는 잔디밭과 가동하지 않는 분수대, 학과 잠바를 입고 교정을 누비는 학생들을 둘러보며 어머니는 중얼거렸습니다. 그날 어머니는 생전 안 입던 원피스를 입고 굽이 높은 구두까지 꺼내 신었습니다. 전날 밤부터 만든 반찬 꾸러미를 양손에 들고 말이지요.

촌스럽게 이러면 안 되는데 대학 구경 가는 게 처음이라…… 기하 아버지 내 안 이상하지요?

학교까지 가는 차 안에서도 어머니는 잔뜩 달떠 있었습니다. 제가 새아버지와 만나 새로운 세계를 접했듯 어머니도 처음 겪어본 일들이 많았을 겁니다. 우리는 그 모든 과정을 차근차근 체득해나가면서도 어떤 것은 — 특히 관계나 애정은 — 엉성하게 모사(模寫)하기도 했지요.

외부인은 기숙사에 출입할 수 없어 우리는 차양막 아래 한동안 서 있었습니다. 새아버지는 형에게 몇차례 전화를 걸었습니다. 기약 없이 온 탓인지 형은 전화를 받지 않았습니다. 운동화에 물이 스며들고, 목덜미와 코끝이 시릴 때까지요.

이거 젖으면 안 되는데, 클 났다.

어머니가 반찬 꾸러미를 끌어안은 채 중얼거렸습니다. 초조하게 전화를 걸던 새아버지는 기숙사에서 나오는 학생들을 한명씩 붙잡고 혹시 이기하 학생을 아느냐, 묻기 시작했고요. 그렇게 물어물어 형과 같은 층에 산다는 학생과 만났습니다.

부모랑 동생이 기다리는데 밖으로 나와달라고 전해줄 수 있나?

전해드리겠다며 기숙사 안으로 들어간 학생이 쭈뼛거리며 돌아온 것은 얼마 지나지 않아서였습니다. 학생은 곤란한 표정을 지으며 말했습니다.

저…… 기하가 지금은 만날 수 없다고…… 뭐라고 말씀드려야 할지……

그가 미처 전하지 못한 말을 우리는 막연히 짐작했습니다. 새아버지의 얼굴이 굳었고, 어머니는 곁에서 작게 한숨을 내쉬었습니다. 실망을 감추지 못하는 그들을 바라보다 학생은 조심스럽게 말을 이었습니다.

저, 학교 앞에 우작이라는 카페가 있는데요. 거기서 기다리시면 어떨까요? 기하한테는 제가 다시 말해볼게요.

학생이 다시 기숙사 안으로 들어간 뒤, 우리는 조금 망설이다 교정을 가로질러 '우작'이라는 카페에 찾아갔습니다. 카페는 기하 형 또래로 보이는 학생들로 가득 차 있었습니다. 구석 자리에 앉아 우리는 대책 없이 형을 기다렸습니다. 한기로 떨리는 몸을 녹이면서요. 바지에 튄 흙탕물을 털어내며 새아버지가 물었습니다.

춥지?

그는 제게 손수건을 내밀었습니다.

기하 그 자식 때문에 온 식구가 공연히 비나 실컷 맞고…… 다음에는 미리 약속하고 와야겠다.

눙치듯 너스레를 떠는 새아버지와 달리 어머니의 표정은 침통했습니다. 커피잔을 매만지며 그녀는 조용히 속삭였습니다.

암만해도 내 땜에 그런 것 같습니다.

뭐가요?

내가 불편해가 기하 갸가 집에도 통 안 오고, 지 아버지도 안 만날라카는 게 아인가 싶어가……

그게 왜 당신 탓이에요?

주눅 든 채 자책하는 어머니와 그런 어머니를 답답해하는 새아버지. 그들 사이에 짧은 언쟁이 오가는 것을 저는 불안하게 지켜볼 수밖에 없었습니다. 그들이 다투는 이유는 언제나 비슷했습니다. 겉도는 기하 형, 나의 지병, 나의 친부와 얽힌 끊어낼 수 없는 문제들. 어머니는 자신의 신세를 한탄하고, 새아버지는 그런 어머니를 달래고 어르다 제풀에 언성을 높이곤 했지요.

그만합시다. 사람들 다 보는데…… 참.

격해졌던 감정은 주변 사람들의 시선과 웅성거림에 누그러졌고, 어색함만이 감돌았습니다. 어머니가 화장실에 다녀오겠다며 밖으로 나가자 새아버지는 시선 둘 데를 모르고 멋쩍어하다가 가방을 뒤져 필름 카메라를 꺼냈습니다.

재하, 사진 찍을래?

아뇨.

왜, 너 카메라 가지고 노는 거 좋아하잖냐. 이따 형 오면 한장 찍어주고. 알았지?

새아버지는 아무 일 없던 양 미소 지었습니다. 어머니

도 마찬가지였습니다. 물 묻은 손을 원피스에 쓱쓱 문질러 닦으며

재하, 니 사진 찍나? 엄마도 한장 찍어봐라.

아까의 소동은 잊은 것처럼 그저 유쾌했지요. 사진첩에는 그 찰나를 담은 사진이 꽂혀 있습니다. 브이를 한 채 웃는 어머니와 그 옆에서 열없이 얼굴을 붉히는 새아버지. 무심코 보면 평화로운 한때를 담아놓은 것만 같습니다. 당시의 내막이나 속내는 잘 읽히지 않지요. 함께 살아가는 동안 어머니와 새아버지는 늘 그랬던 것 같습니다. 울퉁불퉁한 감정들을 감추고 덮어가며, 스스로를 속여가며 가족이라는 형태를 견고히 하려고 노력했지요. 두 사람 모두 한번씩은 아픔을 겪었고, 그것을 되풀이하고 싶지 않았을 테니까요. 물론 자신을 속일 틈도 없이 툭, 튀어나오는 날것의 감정들도 있었지만요.

커피를 다 마셔갈 즈음 기하 형이 카페에 도착했습니다.

왔네요, 저기 기하 왔네.

어머니가 반기듯 외쳤고, 침울했던 새아버지의 얼굴이 일순간 밝아졌습니다. 두달 사이 형의 얼굴은 한결 가뿐

해 보였습니다. 어머니는 애가 곯지는 않을까, 잠은 제대로 잘까, 걱정하며 찬과 비타민을 잔뜩 싸 왔는데 그 우려가 무색할 정도였습니다. 살도 조금 오른 것 같았고요. 안부 인사를 나누기도 전에 형이 무뚝뚝하게 물었습니다.

무슨 일이에요. 연락도 없이.

무슨 일은. 네 얼굴 까먹을까봐 왔다, 인마.

앉으라는 새아버지의 말에 형은 퉁명스럽게 대꾸했습니다.

됐어요, 금방 갈 거예요. 과제 있어요.

기하야, 그러지 말고 잠만 앉아봐라. 우리도 쪼매 있다 갈 기다.

어머니는 빈자리를 가리켰습니다. 형은 주춤대다 의자를 끌어당겨 어머니와 멀찍이 떨어져 앉았습니다. 학생들이 하나둘 빠져나가고 카페 안에는 우리 식구만이 남아 있었습니다. 묵직한 침묵을 깨고 어머니가 먼저 입을 뗐습니다.

기하, 잘 지냈나?

예.

학교는 다닐 만하고?

예.

방은 따뜻하나?

따뜻해요.

애인은 안 생겼나? 대학 가면 고마 다 하나씩 생긴다 든데.

어머니의 — 아마 큰마음을 먹고 던졌을 법한 — 농담을 형은 받아주지 않았습니다. 어머니는 머쓱해하며 혼자 웃었지요. 어머니의 질문이 끝나자 새아버지가 바통을 이어 받아 이런저런 것을 한참이나 물었습니다. 형은 언짢은 얼굴로 짤막하게 답했고요. 카메라를 든 채 저는 그들을 물끄러미 지켜보았습니다. 뻣뻣하게 굳은 손마디를 딱딱, 소리 내어 꺾는 형. 분위기를 부드럽게 풀어보려 애쓰는 새아버지와 어머니. 의미를 해석할 수 없는 세 사람의 미묘한 표정. 공회전하는 대화.

질문 거리가 떨어지자 화제는 돌고 돌아 형의 기숙사 생활로 옮겨갔습니다. 어머니는 바리바리 챙겨온 꾸러미를 형에게 건넸습니다. 요리하는 게 마땅찮을 것 같아 네가 좋아하는 반찬을 이것저것 싸 왔다고, 바깥 밥만 먹으면 속 다 버린다고 그녀는 말했지요.

렌지에 일분만 데펴 먹으면 된다. 이건 차게 먹어도 되고.

조리법을 하나하나 일러준 뒤, 어머니는 슬그머니 덧붙였습니다.

기하야, 힘들면 언제라도 들어와라. 내가 틈날 때마다 쓸고 닦아가 네 방 광 날 만큼 깨끗하다. 물건도 다 그대로다. 하나도 안 치왔다.

안 그러셔도 돼요. 그냥 쟤 쓰게 하세요.

기하 형이 저를 힐끗 보며 말했습니다. 그 말에 어머니가 손을 내저었습니다.

아이다, 아이다. 그럼 되나. 기하 니 방인데. 무신.

저 이제 거기 안 가요.

왜?

새아버지가 물었습니다. 형은 손마디를 소리 내어 꺾었습니다. 딱, 딱.

……불편해서요.

가족이 사는 집인데 뭐가? 뭐가 불편한데?

그게 불편해요. 가족도 아닌데 가족인 척하며 사는 게.

딱, 딱. 아슬아슬하게 이어지던 대화가 끊겼습니다. 어머니가 형의 손을 슬며시 잡았습니다.

기하야, 니 내한테 서운한 거 있나? 있으면 말해봐라, 내가 다……

어머니의 말을 끊고 잡힌 손을 거두며 형은 차갑게 말했습니다.

저기, 제발…… 이러지 마세요. 애쓰지 마시라고요. 이럴 때마다 정말, 숨이 막혀요.

형이 바깥으로 나갔고, 새아버지는 무어라 소리를 지르다 주섬주섬 겉옷을 챙겨 일어났습니다.

잠깐만 있어봐요. 내가 데리고 올 테니.

카페 안에는 우리 모자만이 남았습니다. 어머니는 두 사람이 떠난 자리를 망연히 바라보았습니다. 반찬통과 비타민이 빽빽이 담긴 쇼핑백이 그대로 놓여 있었습니다.

이거…… 기하한테 들려 보냈어야 했는데, 내 정신 봐라, 내 정신 좀……

한 말을 하고 또 하다 어머니는 돌연 말을 멈추었습니

다. 그녀의 어깨가 조용히 떨렸습니다. 제게 등을 진 채 어머니는 한참 울었습니다. 고여 있던 것을 흘려보내듯 잠잠히. 어떤 울음이 안에 있던 것을 죄다 게워내고 쏟아낸다면, 어떤 울음은 그저 희석일 뿐이라는 것을 저는 그때 처음 알았습니다. 비워내는 것이 아니라 슬픔의 농도를 묽게 만들 뿐이라는 것을요.

사진첩을 넘겨 봅니다. 다음 장은 겨울의 사진들로 가득합니다. 새해에 고명을 잔뜩 올린 떡국을 나누어 먹는 사진, 트리에 조악한 장식을 달며 성탄절을 보내는 사진, 눈길에서 흰 눈을 둥글게 굴리는 사진이 시일에 상관없이 뒤죽박죽 섞여 있습니다.

이해의 저는 객년에 비해 키가 조금 자라고 발이 커졌던 것으로 기억합니다. 작아져버린 운동화에 뒤꿈치를 억지로 밀어 넣다 상처를 입고, 턱이며 겨드랑이에 잔털이 돋고, 목소리가 굵직해짐을 느끼던 겨울이었습니다. 날 때부터 품어온 익숙한 것들이 하나둘 빠져나가고 새것이 돋아나던 시절.

혼란스러웠던 그 시기에 곁을 지켜준 사람은 새아버지였습니다. 턱에 생채기가 나지 않게 면도하는 법을 일러준 이도, 처음 몽정을 경험한 제게 싱거운 농담을 건네며 별 말 없이 이불을 빨아준 이도 새아버지였습니다. 어머니와 둘만 살았다면 홀로 배웠을 것들을 저는 새아버지와 함께 자연스레 익혔습니다. 그때는, 기하 형이 부재한 집에서 세 사람이 동거하는 것이 조금씩 익숙해지고 편안해지던 무렵이기도 했지요.

사진첩 한편에 곤색 더플코트를 입고 병정처럼 서 있는 저와 제 어깨에 팔을 두른 어머니가 보입니다. 초교 졸업식 때 찍은 사진으로, 제 손에는 졸업장과 야구 글러브가 들려 있습니다. 졸업식인데도 저는 그다지 기뻐 보이지 않습니다. 어머니의 표정도 밝지 못하고요. 그건 제 손에 들린 야구 글러브 때문이었을 테지요.

그날 제가 받은 상은 개근상 하나뿐이었는데도 어머니와 새아버지는 그것을 못내 기특하게 여겼습니다.

이게 아무나 받는 상이냐. 아버지도 개근상은 한번도 못 받아봤다.

암요, 우리 재하 장하다.

점심으로 자장면을 먹을지 돈가스를 먹을지, 중학교 교복은 어디서 맞출지 상의하며 우리는 교문을 향해 나란히 걸어갔습니다. 발걸음이 가벼웠습니다. 콧잔등에 닿는 서늘한 공기도, 물씬 풍기는 겨울 내음도 기분을 근사하게 만들어주었고요. 슬픔이 비집고 들어올 틈이 없는 충만한 오후였습니다. 익숙한 목소리를 듣기 전까지는요.

교문에 다다랐을 때, 누군가 저를 부르는 소리가 들렸습니다.

재하야, 야, 재하야.

낯익은 억양과 어투. 반사적으로 몸이 움츠러들었습니다. 꿈속에까지 쫓아와 나를 끈덕지게 괴롭히던 목소리. 역시나 그 사람이었습니다.

그 사람은 숱 많은 머리를 포마드로 빗어 넘기고 전에 본 적 없는 말끔한 차림으로 교문 앞에 서 있었습니다. 어머니의 낯빛이 급격히 어두워졌습니다. 어안이 벙벙해 있던 새아버지는 자기 앞에 서 있는 사람이 누군지 알아채고는 미간을 좁혔습니다.

야, 너 못 본 새에 키 많이 컸다. 이제 나보다도 훨 큰 거 같은데.

지난 일은 다 잊은 듯 뻔뻔하게 말을 거는 그 사람을 어머니가 가로막았습니다.

여긴 우째 알고 왔습니까.

어떻게 알고 오긴, 다 수가 있지.

또 우리 식구 애먹이러 왔느냐, 당장 경찰에 신고하겠다, 엄포를 놓는 어머니를 아랑곳하지 않고 그 사람은 비위 좋게 대꾸했습니다.

말 참 섭섭하게 하네. 하나뿐인 애비가 자식 졸업식에 오는 게 당연하지. 안 그러냐?

내 옆에 우뚝 서 있는 새아버지는 본체만체하며 그 사람은 등 뒤에 감추어두었던 야구 글러브를 건넸습니다.

이게 김진우가 끼던 글러브란다. 너 아냐? 기아 타이거즈 김진우.

그것을 얼마에 주고 샀고, 얼마나 큰 품을 들여 구했는지 그는 줄줄이 늘어놓았습니다. 술을 마셨는지 그가 입을 열거나 몸을 들썩일 때마다 알코올 냄새가 풍겼습니다. 입만 열면 흰소리를 늘어놓던 사람이었기에 저는 그 말을 온전히 믿지 못한 채 손때 묻은 글러브만 만지작거렸습니다. 나와 캐치볼을 해준 적도, 야구 경기를 보러 간 적도 없던 사람이 그런 선물을 줬다는 것이 영 달갑지 않았습니다. 어머니는 제 손에서 글러브를 빼앗아 그 사람에게 되돌려주었습니다.

되었습니다. 가져가이소.

야, 사람 기죽이는 건 여전하네. 너는 어째 나랑 살 때랑 하나도 달라진 게 없냐.

그 사람이 짓는 음흉한 웃음. 들으라는 듯 넌지시 들추어내는 과거사. 상황이 복잡해질까 억지로 분을 삭이는 어머니를 가만히 지켜보던 새아버지가 입을 열었습니다.

이제 그만 가시죠. 얽혀서 좋을 사이도 아닌데.

점잖게 말하긴 했지만 감정을 꾹꾹 억누르는 것이 제 눈에도 여실히 보였습니다. 혹 주먹이 오가지 않을까, 시비가 붙어 싸움으로 번지지는 않을까 조마조마하며 그들을 번갈아 보았습니다. 그 사람은 새아버지를 빤히 노려보다 돌연 헛웃음을 터트렸습니다. 저의를 알 수 없는 웃음. 한참을 기분 나쁘게 웃다 그 사람은 제 손에 글러브를 다시 쥐여주었습니다.

또 보자.

그 사람이 골목을 돌아 사라질 때까지 우리는 숨도 제대로 못 쉬고 그 자리에 멀거니 서 있었습니다. 꽉 차올랐던 마음에서 서서히 바람이 빠지는 것 같았습니다. 또 보자는 그 말이 도깨비바늘처럼 자꾸 마음속에 들러붙어서, 떼어내려 해도 떨어지지가 않아서.

저 인간이 여길 우째 알고…… 또 우릴 얼마나 들볶으려고.

손을 벌벌 떨며 경찰에 신고해야겠다는 어머니를 새아버지가 만류했습니다.

오늘 같은 날 번잡하게 일 만들지 맙시다. 그래도 재하 졸업식인데.

급하게 자리를 뜨려는 어머니에게 기념사진은 찍어야 하지 않겠냐며 새아버지는 우리 모자를 교문 앞에 세웠습니다. 그 사람이 돌아올까 시종일관 두리번대던 어머니, 기대와 충만이 모조리 빠져나간 얼굴로 멍하니 허공을 응

시하는 나.

　프레임 바깥, 새아버지의 표정은 어땠을까요.

　그날 이후부터 그 사람은 불시로 우리 앞에 나타났습니다. 어떻게 알았는지 제가 입학한 중학교 후문에 서 있기도 했고, 어머니의 일터나 새아버지의 사진관에 들이닥치기도 했습니다. 뜻하지 않게 나타나 모두를 불안하게 만드는 그 사람 때문에 우리는 진지하게 이사를 고려하기도 했습니다. 물론 이런저런 사정에 의해 ── 주로 돈 때문이었지요 ── 번번이 무산되곤 했지만요.

　늦은 밤, 화장실에 들렀다 방으로 돌아가는 길에 안방에서 웅얼거리는 소리가 들려 귀를 기울인 적이 있습니다.

　돈이 남아돕니까? 당신이 무신 돈이 있다고 그 인간한테 덥석 줍니까.

　그렇게라도 해야지, 그럼 이대로 둬요?

　새아버지는 어머니 모르게 그 사람에게 돈을 쥐여준 것 같았습니다. 우리 가족을 더이상 괴롭히지 말라는 명목으로 몇차례. 새아버지로서는 최선을 강구한 것이었겠지만, 그 선택은 오히려 독이 되었습니다. 그 사람은 더 자주 사진관을 찾았고, 때마다 더 큰돈을 요구했다고 합니다. 오만원으로 시작해 십만원, 백만원, 천만원……

마지막으로 급습한 날에는 단도까지 챙겨와 새아버지를 겁박했다더군요. 술이 잔뜩 올라 칼을 휘두르는 바람에 기물이 파손되었고, 그와 대치하다 새아버지는 복부에 경상을 입었습니다.

어머니와 제가 응급실을 찾았을 때, 새아버지는 복부에 붕대를 감고 퇴원 수속을 밟고 있었습니다.

기하 아버지, 괜않습니까?

급히 오느라 어머니는 신발의 짝을 바꾸어 신었다는 것도 잊은 듯했습니다. 새아버지는 무어라 말을 하려다 삼킨 뒤, 어머니의 신발을 제대로 신겨주었습니다.

괜찮으니 그냥 갑시다. 아무것도 묻지 말고.

한달이 지나 복부의 붕대를 풀 때까지 새아버지는 당시의 상황에 대해서 한마디의 언급조차 하지 않았습니다. 어머니가 캐물어도 별일 아니었다며 말을 흐릴 뿐이었지요.

그 사건 이후로 그 사람은 자취를 감추었지만, 새아버지는 사진관을 혼자 지키는 것을 저어했고 접시 부딪치는 소리나 TV를 켜는 잡음에도 흠칫 놀라며 몸을 떨었습니다. 그 사람과의 묵은 악연은 우리 모자뿐 아니라 우리와 이어진 이들에게까지 짙은 그늘을 안겼습니다. 씻을 수도, 무를 수도 없는 상흔을 남겼습니다.

마지막 장의 사진들은 이전의 사진들과는 달리 화질이 고르지 않고 색감도 제각각입니다. 어떤 사진은 노이즈가 자글자글 일어나 있기도 합니다.

도랑에서 미나리를 캐는 어머니와 나. 죽은 나무 그루터기에 앉아 담배를 태우는 새아버지. 그리고 한 프레임에 담긴 우리 세 사람.

이 사진 뒤로는 풍경 사진이 이어집니다. 땅에 카펫처럼 깔린 갈색 솔잎. 바람에 상해 힘없이 서로 기댄 나무들. 둥글게 말린 형태로 흰 겉껍질을 드러낸 식물들. 피사체가 흔들리고 빛이 희번하게 뭉개져 어디에서 찍은 건지 도무지 알아보기 힘든 사진들을 골똘히 들여다봅니다. 한참이 지나서야 그곳이 어디인지 알 수 있었습니다.

06. 06. 14

사진의 하단에는 그날의 날짜가 흐릿하게 찍혀 있습니다. 더위가 오기 전, 아직은 창턱을 가르며 부는 바람이 시원하고 산뜻한 초여름이었지요. 아침에 커튼을 걷으니 희고 깨끗한 빛이 새어 들어오던 것이 기억납니다. 어머니는 창가에 서서 오래 볕을 쬐다 새아버지에게 문득 물었습니다.

오늘도 출사 갑니까?

고개를 끄덕이는 새아버지에게 그녀는 조심스레 청했습니다.

오늘은 우리도 따라가면 안 됩니까?

출사는 새아버지의 오랜 취미였습니다. 사진관에서 이런저런 사람과 부딪치는 그가 오롯이 혼자가 될 수 있는 유일한 시간이기도 했습니다. 그런 이유로 어머니는 새아버지가 출사하는 날이면 간만에 재하와 오붓이 시간을 보내겠다며 저와 일부러 외출을 하거나 집에서 단둘이 시간을 보내곤 했지요. 간혹 저를 데리고 출사를 가겠다는 새아버지를 말리기도 했습니다.

되었습니다. 야가 방해라도 되면 우짭니까. 혼자 조용
히 시간 보내고 오이소.

그런 어머니가 처음으로 출사지에 따라가겠다 한 것입
니다.

날이 환해가 어디라도 가고 싶습니다. 우리 셋이 외출
한 지도 한참 됐고.

어머니의 말에 새아버지는 마른 얼굴을 비비며 어리둥
절해하다 곧 짐을 꾸렸습니다.

그날 우리가 함께 간 곳은 인릉이었습니다. 인릉은 새
아버지가 자주 찾던 출사지 중 한곳이었지요. 인적이 드
물고 아는 사람만 아는 곳, 묵연하고 고요한 그와 어쩐지
닮은 곳이었습니다.

오래전부터 사람이 오고 가 잘 트인 등산로를 따라 능
에 도착했습니다. 피부에 달라붙는 거미줄, 얼굴 주위로
모여드는 각다귀, 다리에 감기는 웃자란 풀들을 헤치고
우리는 능이 환히 내려다보이는 곳에 자리를 잡았습니다.
어머니가 챙겨 온 돗자리를 바닥에 깔자 새아버지는 어디

에선가 평평한 돌들을 골라와 돗자리 모서리마다 올려두었습니다.

치즈와 햄이 들어간 샌드위치와 참기름과 소금으로 간한 주먹밥을 나누어 먹으며 우리는 한참을 말없이 앉아 있었습니다.

오래 걸은 탓에 화끈거리는 종아리를 매만지며 저는 하얗게 변색된 비석과 반짝이는 잔디를 바라보았습니다. 먼 데서 산들바람이 불자 오리나무가 너풀너풀 흔들렸고, 그 밑에서 몸집이 작은 동물이 나무를 오르내리는 소리가 들려왔습니다. 우리가 앉은 곳이 누군가의 죽음을 덮은 자리라는 사실마저 잊을 정도로 모든 것이 순조롭고 평화로웠습니다.

몸이 축 처질 만큼 나른한 하오였습니다. 나뭇잎이 흔들릴 때마다 얼굴에 그늘이 드리웠다가 사라졌지요. 어머니의 무릎을 베고 푸른 모빌 같은 나뭇잎을 올려다보는 동안 눈꺼풀은 감겼다가 떠지고, 다시 감겼다가 떠졌습니다. 혼곤한 잠에 빠져들 무렵, 새아버지가 저기 봐라, 저기 봐, 하며 저를 깨웠습니다. 그가 가리킨 수풀 너머를 저는 몽롱하게 바라보았습니다.

어디서 왔는지 모를, 흰 뿔의 사슴떼가 능을 가로지르고 있었습니다. 족히 서른마리는 될 법한 사슴이 거대한 무리를 이루어 한 방향으로 달리고 있었지요. 폭우가 쏟아지는 것처럼 땅을 뒤흔드는 발굽 소리. 거센 진동에 땅으로 곤두박질치는 잔가지. 경계하지도, 겁내지도 않고 발을 구르는 사슴떼.

수풀 속으로 하나둘 사라지는 사슴들을 보며 어머니는 중얼거렸습니다.

꿈을 꾸는 것 같네.

현실인지 환상인지 모를 그 광경을 우리는 넋 놓고 지켜보았습니다. 우리를 둘러싼 불안도 염세도 슬픔도 그 순간에는 모두 달아나버린 듯 황홀히.

능을 나서기 전 삼각대를 세우고 저와 어머니, 새아버지는 나란히 서서 사진을 찍었습니다. 타이머가 깜박이는 동안 저는 자꾸 고개를 돌렸습니다. 사슴이 지나간 자리에는 오래된 능만 덩그러니 있었습니다. 우리가 본 것은

다 몽중몽인 것처럼 풍경은 그저 무심하고 태연했습니다.

*

고교 졸업식 이후, 새아버지와는 영영 연락이 끊겼습니다. 어머니는 그와의 사년을 잊은 듯 평소 무심했지만 때때로 옷장 위에 올려둔 사진첩을 들추며 사색에 잠기기도 했습니다.

어머니, 뭐 하세요.

제가 다가가면 그녀는 깊은 꿈에서 헤어 나온 사람처럼 노곤한 얼굴로 나지막이 묻습니다.

재하야, 니는 돌아가고 싶은 순간이 있나?

돌아가고 싶은 순간. 그 물음에 왜 중국 냉면이 생각났던 것일까요. 입안에 감돌던 독특하지만 시원한 식감. 땅콩 소스의 묵직하고도 복잡다단한 맛. 새아버지와 처음 만난 중식당의 생경하면서도 포근한 공기. 자기 몫의 땅콩 소스를 덜어 나의 그릇에 듬뿍 얹어주던 기하 형.

마음속에 아릿하게 감도는 감각과 감정을 애써 기억 뒤

로 묻어두며 어머니에게 답합니다.

저는 없어요.

어머니는 그러냐며 가만 웃고는 자리를 뜹니다. 그녀가 돌아가고 싶은 순간은 언제인지 저는 묻지 못했습니다. 하지만 듣지 않아도 들은 것처럼 가슴이 무지근해지는 건 왜일까요.

홀로 남아 사진첩을 넘겨 봅니다. 반만 채워진 사진첩의 마지막 장에 어머니와 새아버지, 그리고 제가 한 프레임에 담긴 사진이 보입니다. 셋이 함께 찍은 사진은 그것이 유일합니다. 사진 속에서 새아버지는 저와 어머니의 손을 꼭 잡고 있습니다. 부드럽게 미소 지은 채 손을 맞잡은 세 사람을 보고 있으면 우리가 버티지 못하고 놓아버린 것들, 가중한 책임을 이기지 못해 도망쳐버린 것들은 다 지워지고, 그 자리에 꿈결같이 묘연한 한여름의 오후만이 남습니다.

이편에서 왔다가 저편으로 홀연히 사라지는 것들.

어딘가 숨어 있다 불현듯 나타나 기어이 마음을 헤집어 놓는 것들.

사진첩을 덮습니다. 옷장 깊숙이 그것을 감추려다 원래 놓여 있던 자리에 그대로 올려둡니다. 언젠가 또 우리는 그것을 펼치겠지요. 우리 삶에서 가장 돌아가고 싶은 한 순간을 그리면서요. 잘 지내시냐, 건강하시냐, 이제는 만날 수 없는 이들에게 닿지 못할 안부 인사를 보내며 말입니다.

기하

재하 모자를 우연히 발견한 건 서른일곱살이 되던 해, 여름이었다.

그즈음 나는 성남에서 주택 설계 사무소를 운영하고 있었다. 말이 사무소고 운영이지, 실상은 거실 한편에 파티션을 놓고 사무를 보는 꼴이었다.

근속하던 회사에서 호기롭게 나와 사무소를 개업했지만, 수주는 잘해야 반년에 두건. 보통 그마저도 들어오지 않았다. 건축가로서 가장 중요한 재능은 조형력도 구상력도 아닌 일을 따 오는 능력이라는데, 나에게 그런 재능 따위는 없었던 것이다.

일이 없으면 퇴근 시간으로 정해둔 다섯시까지 메일함을 확인하거나 전 직장에서 작업한 설계도면이며 포트폴리오를 차례로 훑어보곤 했다. 그래도 시간이 남으면 구글 어스를 켜 스트리트 뷰를 구경했다. 그 무렵의 유일한 도피처였다.

구글 어스에 머무는 시간은 갈수록 길어졌다. 커서를 움직여 서울에서 도쿠시마로, 지겨워지면 아부다비를 누비다 바덴바덴에 도착하는 식의 가상 여로. 연고 없는 타국을 활보하는 데에 염증을 느끼면 국내 여행지로 커서를 옮겼다. 사람이 보이지 않는 둘레길이나 소쇄원은 홀로 산책하는 기분으로, 학생 때 자주 답사했던 독락당이나 정림사지는 그 시절을 떠올리며 탐방했다. 카메라를 향해 손을 흔들거나 특이한 포즈를 취하는 이들도 있었지만, 대부분은 스트리트 뷰 촬영에 무관심해 보였다. 무표정하게 산책로를 걷거나 달리는 사람. 테니스를 치고 맥주를 마시는 무리. 어딘가에서 떠나왔거나 어딘가로 떠나려는 사람들. 나이나 옷차림, 생김새는 저마다 달라도 표정은 어딘지 모르게 비슷했다. 어딜 가나 쓸쓸하고 불안한 얼굴을 한 이들이 있었고, 그 얼굴들을 모니터 밖에서 확대해 볼 때마다 나는 그들의 생활을 조금씩 자세히 상상하게 되었다. 편의점 봉투를 들고 가는 사람을 보며 그날의 저녁 메뉴를 짐작하고, 한강에서 라이딩하는 사람들을 살피며 그들 간의 유대를 가늠하는 식의.

한번은 아버지의 사진관이 있던 자리를 살펴본 적도 있었다. 적산가옥이었던 그 건물은 사라지고 마라탕 전문점이 들어서 있었다. 주변 상가들도 모조리 바뀌어 그 동네가 내가 살던 곳이 맞는지 헷갈렸다. 그곳의 상인들이 대부분 그러했듯 아버지 역시 사진관을 처분한 이후 수많은 사업을 벌였다. 어린이 백과사전 가두판매, 그게 엎어진 후엔 벌집 아이스크림 가게, 마지막은 코인노래방. 내가 아는 아버지는 그렇게 무모한 사람이 아니었는데도 사업이 연달아 실패하자 이번에는 될 거라고 입버릇처럼 말하며 사업설명회마다 따라다녔다. 아버지가 매일 쓸고 닦던 골목이나 사진관의 흔적이 남김없이 사라진 옛 집터를 둘러보다 나는 커서를 옮겼다.

그나마 있던 수주가 코로나19로 끊기고 대리 기사 일까지 겸하게 되었을 때부터는 스트리트 뷰를 다른 용도로 이용하게 되었다.

길눈이 밝지 않은 나는 늘 길을 헤맸다. 내비게이션을 보면서도 이 길이 내가 아는 그 길인지 확신이 서지 않아 고민하다 전혀 다른 방향으로 핸들을 틀었다. 술에 잔뜩 취한 사람들을 태운다는 게 그나마 다행이었다. 평면도만으로는 길을 식별하기 어려워 아예 승객을 태우기 전 미리 휴대폰으로 스트리트 뷰를 살펴봤다.

밤에는 주로 성남에서 콜을 잡고 용인이나 송파, 강남으로 승객을 옮겼다. 매일 밤 탄천을 지나는데도 그 길이 좀처럼 익숙해지지 않았다. 콜이 들어오길 기다리는 동안 스트리트 뷰를 뒤져 길목의 분위기나 정경을 익혔다. 탄천을 따라 죽 이어진 대로를 여러번 터치하면 스트리트 뷰 속 계절은 겨울에서 가을로, 다시 여름으로 순식간에 뒤바뀌었다.

그날도 여느 날처럼 길과 그 길을 지나는 사람들을 구경하며 별 생각 없이 화면을 터치하고 있었다. 한참 화면을 옮기다 익숙한 얼굴이 보여 손가락을 멈췄다. 스트리트 뷰 속에서 조리복을 입은 젊은 남자와 중년의 부인이 중식당 앞에 쓰레기를 내놓고 있었다. 익숙한 듯 낯선 얼굴. 빠르게 손가락을 움직여 남자와 여자의 얼굴을 최대로 확대했다. 확대된 화면을 본 순간, 형언하기 어려운 미묘한 감정이 온몸을 휘감았다. 디스크 조각이 모이듯 잊고 있던 감각이 한덩어리로 뭉쳐졌다.

한때 나는 뺨에 홍반이 있거나 억양이 센 경상도 방언을 쓰는 사람 곁을 지나칠 때마다 자연스럽게 재하 모자를 떠올렸다. 인스타그램이나 페이스북에 재하를 검색해본 적도 있었다. 흔한 이름이 아니었는데도 백명이 넘는 동명이인이 로드되었다. 그 페이지에 하나하나 접속해 샅샅이 살펴도 재하 비슷한 사람은 찾을 수 없었다. 그렇게 해도 찾을 수 없었는데……

화면을 반복해 터치했다. 내 기억 속 재하는 변성기도 지나지 않은 소년이었는데 화면 속 남자는 뼈대가 굵고 키가 컸으며 턱과 코 아래 거뭇하게 수염이 자라 있었다. 남자의 말끔한 뺨을 물끄러미 보았다. 남자를 재하라고 확신하긴 어려웠지만, 그 옆의 중년 부인이 재하 어머니라는 건 어느 정도 확실했다. 주름이 늘긴 했지만 그녀는 내가 그녀를 마지막으로 본 십오년 전과 비슷했다. 쌍꺼풀 없는 눈이며 호리호리한 체격, 하나로 올려 묶은 구불구불한 곱슬머리도 그때와 같았다.

식당은 내가 사는 곳에서 차로 삼십분 떨어진 곳에 있었다. 이렇게 가까이 살았구나. 우연히 그들을 발견한 것보다 그들이 나와 가까운 곳에 살고 있다는 게 더 놀라웠다. 확대된 화면을 보며 나는 재하 모자와의 사년을 잠시 복기했다. 배척과 질투는 이미 옅어질 대로 옅어졌고, 묵은 감정들이 사라진 자리에 희미한 부채감만 남아 있었다. 어느 순간부터는 재하가 어떤 모습으로 자랐을지, 재하 어머니는 어디서 무슨 일을 하고 있을지 상상하지 않게 되었다. 그럴 여유가 없었다는 건…… 거짓말이고, 그럴 필요를 느끼지 못해서였다. 그들과 함께 살았던 날들을 떠올리면 불안하고 미숙했던 내가 재하 모자에게 안겨주었던 자잘한 상처만이 선명히 상기되었다. 재하 모자와 따로 살고부터 아버지는 두 사람에 대해 한번도 이야기한 적 없었다. 나 역시 묻지 않았고.

두 사람은 어떻게 지내고 있을까.

한 시절을 공유했던 사람들을 떠올리면 그들과 어떻게
끝맺었든 그들이 어떻게 지내왔을지, 얼마나 변하고 또
얼마나 그대로일지 궁금해졌다. 헤어진 이들은 대개 두
부류로 나뉘었다. 다신 마주치고 싶지 않은 사람과 한번
쯤은 더 만나도 좋을 사람. 내 삶에서 재하와 재하 어머니
는 언제는 전자였다가, 언제는 후자가 되곤 했다.

재하반점. 식당의 간판에는 그렇게 적혀 있었다. 손가
락으로 화면을 확대하다 나는 그곳의 주소를 메모지에 옮
겨 적었다.

*

재하반점은 신도시 초입에 있었다. 택시에서 내려 식당
주변을 둘러보았다. 잎이 바싹 마른 개업 화환 하나가 문
앞에 덩그러니 놓여 있었다. 한창 점심때인데도 식당 주
차장에는 차가 거의 없었다. 너무 오래 세워두어 부식이

진행 중인 125cc 오토바이와 범퍼에 흙탕물이 잔뜩 튄 포터 한대가 전부였다. 식당 유리문에 얼굴을 가까이 대고 안을 힐끗대며 재하와 재하 어머니를 찾았다. 손님은 한 명도 없었고, 마스크를 쓴 남자가 카운터에 앉아 휴대폰을 들여다보고 있었다. 마스크를 쓰고 있어 그가 재하인지 아닌지 가늠이 안 되었다.

집에서 나올 때만 해도 별 생각 없었는데, 막상 식당 앞에 다다르자 두려움이 앞섰다. 그들을 만나 어떤 말로 운을 뗄 지, 그간 더욱 벌어진 그들과 나 사이 간극을 감당할 수 있을지.

스트리트 뷰만 믿고 여기까지 오다니.

무모함에 헛웃음이 나왔다. 예전의 나였다면 엄두도 못 낼 일이었다. 연차를 반납하며 프로젝트를 성사시키고, 위점막이 다 헐어 혈변을 보면서도 야근을 감행하던 지난날의 나였다면. 식당 앞에 걸린 전신 거울을 들여다보며 흐트러진 머리를 정돈했다. 앞머리에 드문드문 섞인 흰머리가 괜히 신경 쓰였다. 서른다섯이 되던 해부터 흰머리가 올라오기 시작했다. 재하는 서른도 되지 않았을 터였다.

아직은 할 수 있는 게 많을 나이. 그 녀석은 생생하겠지. 중얼대며 식당 안으로 천천히 들어갔다.

차임벨이 울리자 남자가 휴대폰에서 눈을 떼고 고개를 들었다.

어서 오세요.

고개를 건성으로 끄덕이며 인사하는 남자를 찬찬히 훑어보았다. 마스크를 쓰고 있긴 했지만, 눈매는 예전 재하 그대로였다. 나는 재하를 단번에 알아본 반면 그애는 내가 누군지 모르는 눈치였다. 자리를 안내하는 그애를 향해 조심스럽게 인사를 건넸다.

오랜만이다.

내 말에 재하는 어리둥절한 표정을 지었다. 저를 아시냐고 묻는 그애를 보며 나는 마스크를 턱 밑까지 내렸다. 그애는 미간을 좁힌 채로 내 얼굴을 유심히 뜯어보았다. 찰나에 다양한 표정이 지나갔다.

여길 어떻게……

그애는 놀라긴 했지만 경계하는 것 같진 않았다. 마음이 놓였다. 나는 미리 캡처해둔 스트리트 뷰 화면을 보여

주며 며칠간의 일들을 두서없이 이야기했다.

희한하지? 해외 토픽에나 나올 법한 이야기 아니냐?

운명이나 우연 같은 말들을 들먹이며 호들갑을 떨기도 했다. 분명 재하도 나와 비슷한 반응을 보일 거라 확신하며. 내가 알던 그애라면 그럴 테니까.

하지만 그애는 호들갑을 떨지도, 반가운 기색을 보이며 나를 환대하지도 않았다. 그저 마스크를 내리고 얼떨떨한 얼굴로 캡처 화면을 보며

신기하네요.

중얼거렸을 뿐. 예상치 못한 반응이었다. 전날 밤부터 준비한 말들, 네 소식이 궁금해 SNS를 뒤져보았다, 스트리트 뷰에서 너를 보고 얼마나 놀랐는지 아냐, 잘 지냈냐 같은 말들을 나는 한마디도 뱉을 수 없었다.

이거 보고 일부러 찾아오신 거예요?

재하가 물었다. 서둘러 말을 지어냈다.

아니, 이 근처에 외근이 있어서 겸사겸사.

습관처럼 나는 지갑에서 명함을 꺼냈다. 이전 직장에서 쓰던 것이었지만 별 수 없이 건넸다. 재하는 명함을 살펴

보다 멋쩍게 앞치마 주머니를 뒤졌다.

　저는 드릴 게 없는데……

　재하는 피로해 보였다. 그애의 충혈된 눈과 거무스름한 눈가를 훑어보았다. 홍반이 사라진 것을 빼면 얼굴은 어릴 때와 비슷했지만, 하는 말이나 행동은 영 다른 사람 같았다. 의식적으로 존대를 하는 것부터 그랬다. 반말이 나오면 그애는 재빠르게 말을 고치며 예의를 차렸다. 그럴 때마다 왕래하지도, 안부를 묻지도 못한 지난 시간들이 절감(切感)되었다.

　식사는 하셨어요?

　재하의 물음에 고개를 저었다. 그제야 그애는 메뉴판을 건넸다.

　되는 것보다 안 되는 게 더 많긴 한데 그래도 골라보세요.

　나는 메뉴판을 천천히 읽었다. 중식 외에 해물칼국수나 김치찌개 같은 메뉴도 끼워 팔고 있었다. 식사를 고르는 둥 마는 둥 하며 주위를 쓱 둘러보았다. 테이블을 스무개도 넘게 둔 넓은 홀인데도 인기척이 없었고, 음식 냄새도 나지 않았다. 반죽기를 비롯해 홀에 내놓은 여러 집기를 보며 그애에게 물었다.

여기 운영한 지는 얼마나 됐니?

삼년 좀 넘었어요.

꽤 오래 됐구나.

배달로 겨우 버텼죠, 뭐.

재하는 휴대폰에 시선을 고정한 채 말했다. 화면에 게임 창이 띄워져 있었다. 기분이 상했지만 감정을 누르고 최대한 부드럽게 말했다.

게임 좋아하는 건 여전하구나.

하다 멈추면 너무 불안해져서…… 죄송해요.

그애는 테이블 한편에 휴대폰을 치워둔 뒤, 지난 일년 간 앓았던 우울증에 대해 떠듬떠듬 이야기했다.

손님 없을 땐 이거라도 잡고 있어야 좀 안정이 돼요.

재하의 이야길 들으며 나는 조금 멍해졌다. 서른도 안된 애가…… 나는 그애가 다른 얘기를 해주었으면 싶었다. 고등학교나 대학교는 나왔는지, 어머니는 잘 지내시는지, 넷에서 다시 둘로 돌아간 후의 삶은 어땠는지. 아니면 옛날이야기라도. 하지만 그애는 그런 이야기는 하지 않았고, 대신 임대료와 적은 유동 인구, 코로나19가 발생한 후 쇠락해버린 상권에 대해서만 주절주절 늘어놓았다.

서울은 여기보다 살 만하죠?

그렇지도 않아.

그래도 한남동이면…… 좋은 동넨데.

내가 건넨 명함을 꼼꼼히 들여다보며 재하는 중얼댔다. 그 회사는 퇴사한 지 오래고 지금은 주소도 전화번호도 다 바뀌었지만, 심지어 밤에는 대리까지 뛰지만…… 그런 것까지 시시콜콜 얘기하고 싶진 않았다. 내세울 것 없이 곤궁한 사정을 그애가 더 캐물을까 서둘러 말을 잘랐다.

결혼은 했니?

저는 뭐…… 저 먹고 살기도 바빠서.

내 말에 재하는 객쩍게 웃으며 뺨을 어루만졌다.

결혼하셨어요?

그애가 물었다.

했었지.

내 대답에 재하는 잠시 얼었다 이내 이해했다는 듯 고개를 끄덕였다. 그애는 뭔가 물을 듯하면서도 어떤 것도 묻지 않았고 나 역시 굳이 설명하지 않았다. 침묵이 흘렀다.

식사 고르셨어요?

글쎄……

잠깐의 틈을 둔 뒤 나는 말했다.

되는대로 줘.

재하는 고개를 끄덕인 뒤 주방으로 들어갔다. 그애의 표정이 자꾸 마음에 걸렸다. 괜한 말을 했단 생각이 들었다. 좋지 않은 패를 들킨 것 같다는 생각도 했다. 아내와 파경에 이르렀을 때, 아버지는 나보다 더 끙끙 앓으며 지금이라도 다시 돌아갈 수 없냐고 묻고 또 물었다.

지금 네가 쥔 건 좋지 않은 패야.

모를 일이죠.

서로 참고 살아가는 거지, 왜 그렇게 이기려드냐.

예전부터 나는 관계에서 늘 양보하고 슬그머니 져주는 아버지가 답답하고 원망스러웠다. 애정이나 안정, 신뢰 따위를 언급하며 가엾다는 듯 나를 보는 아버지를 향해 맹렬히 쏘아붙였다.

아버지가 그런 말 할 자격 있어요? 진짜 패배자는 아버지잖아요.

오랜 시간이 지나고 나서야 나는 그 말을 뱉은 것을 후회했다.

주방에서 칼질하는 소리가 들려왔다. 주방이 분주해지자 괴괴하던 그곳에도 차차 생기가 돌았다. 개방형으로 설계된 주방은 한눈에 보기에도 변변찮았다. 주방에 있어야 할 도구들이 홀로 나와 있으니 당연했다. 가스도 끊겼는지 재하는 가스버너를 두고 음식을 만들었다. 손님도 없는데 재료는 신선하려나. 터무니없는 가격의 코스 요리를 내오는 건 아닐까. 자꾸 속물 같은 생각만 들었다. 재하는 바쁘게 음식을 만들었다. 그애와 눈이 마주칠 때마다 나는 어색하게 웃으며 시선을 돌렸다. 식당의 붉은 벽을 따라 흑백의 풍경 사진이 죽 붙어 있었다. 구도는 잘 잡혀 있지만, 왜인지 어둡고 음침해 보이는 사진들. 재하가 찍은 게 분명한 그 사진들은 식당 분위기와는 잘 어울리지 않았다. 인테리어도 중요한데, 나였으면 이런 사진 대신…… 일터에서의 버릇이 발동해 여기는 이렇게, 저기는 저렇게 속으로 훈수 두길 반복했다.

한참 만에 재하가 오목한 면기 하나를 들고 주방에서 나왔다. 갖가지 고명을 올린 중국 냉면이 한그릇 가득 담겨 있었다. 그애는 나무젓가락 한쌍을 가지런하게 쪼개 내밀었다.

너는? 넌 안 먹어?

전 됐어요. 중식은 좀 물려서.

면을 건져 국물과 함께 먹었다. 국물도 담백하고 면도 알맞게 익었지만, 오이나 토마토가 어쩐지 시들해 보여 자꾸 신경이 쓰였다. 재하 쪽을 곁눈질하며 차게 식힌 국물을 마셨다. 내가 냉면을 먹는 동안 재하는 다시 휴대폰을 힐끗거렸다. 무슨 말이라도 해야겠다 싶어 젓가락질을 멈추고 운을 뗐다.

어머니는 잘 지내시지?

내 쪽으로 시선을 두지 않은 채 재하는 말했다.

돌아가셨어요.

그애는 담담히 덧붙였다.

정말 갑자기 돌아가셨어요. 연락드리고 싶었는데 경황

도 없고 연락처도 몰라서.

이 식당도 원래는 어머니와 둘이 운영했다고 재하는 말했다. 어떤 식으로 조의를 표해야 할지 가늠이 안 되었다. 이런 부고는 처음이었다. 재하 어머니를 떠올리려 애써보았다. 며칠 전 스트리트 뷰로 보았던 모습, 억양이 몹시 억센 말투, 그리고 몇몇 잔상이 희미하게 떠올랐다. 그녀가 마지막으로 담가주었던 콩잎 장아찌 같은 것이.

티슈가 가득 든 함을 열었다 닫았다 하며 재하는 물었다.

……잘 지내시죠?

주어는 없었지만 아버지의 안부를 묻는 것 같았다. 아버지가 사진관을 접고 이런저런 사업에 매달렸던 일을 짧게 전한 뒤, 지금은 중풍 때문에 요양원에 계신다는 말을 보탰다. 재하가 놀리던 손을 멈추었다. 나는 서둘러 말을 이었다.

그래도 요양원에서 지내면서 많이 좋아지셨어. 요즘엔 밥도 혼자 잘 드시더라고.

……다행이네요.

다시 정적이 흘렀다. 예나 지금이나 나는 침묵을 견디

지 못해 불어가는 면을 젓가락으로 휘저으며 열심히 다른 화제를 찾았다. 그애와 나 사이엔 공통점이 거의 없었다. 취미도 관심사도 달랐다. 심지어 재하는 얼마 전 담배까지 끊었다고 했다. 유일한 접점은 아주 오래전 잠시 형제였다는 것. 그애도 기억하길 바라며 아버지와 셋이 프로야구 경기를 보러 가던 이야기, 재하 어머니 눈을 피해 새벽까지 몰래 DDR이나 콘솔 게임을 하던 이야기를 두서없이 늘어놓았다.

그때 넌 기아 타이거즈 응원했잖아. 아버지랑 난 두산 팬이었고.

그랬었나요.

겨우 예전 이야기를 끄집어내도 재하의 시원찮은 반응 때문에 대화는 자주 끊겼다.

아토피는 이제 다 나았구나.

아…… 기억하시네요.

재하가 뺨을 만졌다. 그애 얼굴에 처음으로 화색이 돌았다.

나이 드니까 점점 옅어지더라고요. 그래도 아직 흉터는

남아 있어요.

어디? 잘 안 보이는데.

여기 왼뺨에 희미하게요.

재하의 말대로 왼뺨에 갈색 반점이 흐리게 보였다. 재하는 아버지와 몇차례 병원에 오갔던 것과 진료를 마친 후 그와 함께 먹었던 중국 냉면에 대해 이야기했다.

자상한 분이셨어요. 어머니랑 이혼한 뒤에도…… 몇번 만난 적 있는데.

아버지를?

내 말에 재하의 얼굴에서 웃음기가 옅어졌다.

……모르셨어요?

당혹스러웠다. 아버지는 내게 재하 모자를 만났다는 얘기를 한 적 없었고, 그런 낌새조차 보이지 않았다. 재하가 무어라 말을 더 하려던 순간, 차임벨이 울리고 마스크를 쓴 남자 둘이 가게 안으로 들어왔다.

잠깐만요.

재하는 빠르게 자리에서 일어나 마스크를 쓰고 그들에게 자리를 안내했다. 부산하게 메뉴판과 물을 내오는 재하를 보며 남자들은 무언가 속닥였다. 남자 하나가 말했다.

사장님, 저희 손님 아닌데요. 중고 매입 업체에서 왔어요.

당황한 얼굴로 캘린더를 살피는 재하를 뒤로하고 남자들이 운반 박스를 가게 안으로 들이기 시작했다. 그들에게 재하가 소리쳤다.

저기, 오늘 맞아요? 다음 주에 오기로 한 것 같은데.

오늘 맞는데요. 사장님이 하루라도 빨리 철거하는 게 좋겠다고 하셔서 저희도 겨우 시간 맞춰 온 거예요.

전화라도 좀 하고 오시지.

재하는 웅얼대며 내 쪽을 힐긋댔다. 나는 괜찮다는 뜻으로 고개를 끄덕여 보였다.

남자들은 주방에서 중화레인지부터 하나하나 철거하기 시작했다. 기계를 분해하고 짐을 나르는 소리 때문에 재하와 나는 고성에 가까울 정도로 목소리를 높여 대화를 나눠야 했다.

…… 알았으면 ……텐데 ……해요.

뭐라고?

……하다고요.

여기 정리되면 어디로 갈 거니?

네?

여기 정리되면 어디로 갈 거냐고?

네? ……인지 못 ……겠어요.

우리는 그렇게 몇마디를 주고받다가 알아들은 척 고개를 끄덕이거나 말없이 웃으며 대화를 마무리했다. 어색한 분위기를 참을 수 없어 휴대폰을 꺼내 메시지를 확인했다. 재하 역시 턱을 괴고 다시 게임을 했다. 그 사이 냉면은 불을 대로 불어 도저히 먹을 수 없을 지경이 되어버렸다. 퉁퉁 불은 면을 젓가락으로 휘저으며 소음이 멎길 기다렸다. 아버지는 왜 내게 재하 모자와 만나온 이야길 하지 않았던 걸까. 주변이 잠시 조용해졌을 때, 재하가 하려던 말이 뭔지 묻기 위해 입을 열었다.

저기……

그애를 불렀을 때 주방에서 다시 드릴 소리가 들려왔다. 드릴 소리는 한참 끊이지 않았다.

남자들이 짐을 옮기고 에어컨을 떼어내는 동안 나는 계속 재하의 눈치를 살폈다. 주방은 이제 폐허나 다름없었다. 골조가 드러나고, 분진이 흩날리고, 기물이 차례로 분리되어 옮겨졌다. 하필 골라도 이런 날을 골라서…… 속으로 생각하며 떠날 채비를 했다. 재하는 짐을 챙기는 나를 물끄러미 바라보다 표정을 굳히고 게임을 이어갔다. 감추려고 하는 것 같았지만 슬픔과 부끄러움이 그애의 얼굴에 여실히 드러났다. 예전이나 지금이나 그애는 숨기는 데에 재주가 없었다. 얼굴에 고스란히 드러나는 마음을 똑바로 마주하고 감당하는 게 나는 언제나 버거웠다.

떠나기 전, 식사비에 재하 어머니의 부조금까지 얹어 슬며시 재하에게 건넸다.

봉투가 없어서 미안하네.

됐어요, 됐어.

그냥 가면 마음이 불편할 것 같아서 그래. 빈손으로 온 것도 미안하고.

한동안 계속된 실랑이에 먼저 물러선 쪽은 재하였다.

이런 거 받자고 얘기한 게 아닌데.

그렇게 말하면서도 그애는 받은 돈을 슬며시 바지 뒷

주머니에 넣어두었다.

나오지 않아도 된다고 거듭 말했는데도 재하는 기어코 건너편의 버스 정류장까지 따라 나왔다. 그애와 나는 멀찍이 떨어져서 버스가 오기만을 기다렸다. 도착까지 이십분이 남아 있었다. 볕이 강했고, 셔츠가 땀으로 조금씩 젖어들었다. 정류장 아래서 땀을 식히며 담배를 꺼내 물었다.

한대 줄까?

별 뜻 없이 한 말이었는데 재하가 레종 갑을 받아 들었다. 우리는 각자 다른 방향으로 서서 담배를 피웠다. 재하는 차도 쪽으로, 나는 플라타너스가 줄지어 심겨 있는 도보 쪽으로. 더운 바람이 불 때마다 플라타너스 가지가 느리게 흔들렸다. 뜬금없이 옛날 생각이 났다. 재하가 다니던 병원 뒤편에서 그애를 기다리며 음악을 듣고 담배를 피우던 그때. 변성기도 거치지 않은 목소리로 만화 얘기를 늘어놓던 어린애와 이제는 맞담배를 피우고 있다니…… 그때 재하는 말이 많았던 것 같은데. 지금보다 더 유쾌하고 덜 어두웠던 것 같은데. 내가 기억하는 모습으로 지금의 재하를 보려 애썼다. 밝고, 대책 없이 목소리가 크고, 약간은 철없는 모습으로. 그럴수록 이곳에 괜히 왔다는 생각만 들었다.

버스 도착 시간을 살피며 담뱃불을 비벼 끌 때, 재하가 물었다.

인릉 안 갈래요?

그애는 주차장에 세워진 낡은 포터를 가리켰다.

차로 가면 삼십분도 안 걸려요.

손목시계를 내려다보았다. 네시 사십분. 돌아가도 마땅히 할 일이 없긴 했지만 그렇다고 능이라니. 좋다 싫다 나는 선뜻 말하지 못하고 주저했다.

바쁘세요?

재하가 물었다. 대답 대신 가죽 시곗줄을 만지작거렸다.

바쁘면 먼저 가셔도 돼요. 여기 정리되는 거 보고 있자니 좀 갑갑해서.

가게 안의 기물들이 하나씩 화물차에 실렸다. 재하반점 로고가 박힌 그릇과 플라스틱 컵, 원두커피 자판기, 기름때 하나 없이 깨끗한 식탁과 가전. 망설이다 재하에게 말했다.

그래, 가자. 어차피 나도…… 외근 마치고 와서 시간 많아.

내 말에 재하는 가게 안으로 들어갔다. 남자들과 무언가 상의하는 그애의 뒷모습을 보며 나는 담배 한대를 더 태웠다.

*

재하는 무언가 어깨에 메고 가게에서 나왔다. 낡은 DSLR 카메라였다.

그분이 주셨어요. 마지막으로 만난 날에.

아버지는 매번 재하의 졸업식에서 사진을 찍어주었다고 했다. 아버지 자신은 같이 찍지 않고 재하 모자의 사진만 찍어주고 헤어졌다고, 재하는 더듬더듬 말했다.

어떻게 알았는지 졸업식마다 오셨어요. 중학교, 고등학교……

재하의 고교 졸업을 기점으로 그들은 다시 만나지 않았다. 그 낡은 DSLR 카메라는 아버지가 재하의 고교 졸업 선물로 준 것이었다. 돌이켜보면 재하 모자와 처음이자 마지막 가족사진을 찍었던 카메라이기도 했다.

의문이 들기는 했으나 재하에게 뭘 더 캐묻고 싶지 않았다. 물어본들 소용없다는 것을 잘 알고 있었다. 그애가 아버지의 속내나 사정을 과연 알고나 있을까. 나도 모르는 것을.

재하와 포터에 나란히 올라탔다. 운행을 안 한 지 꽤 되었는지 트럭은 시동이 잘 걸리지 않았고, 엔진이 덜덜거렸다. 국도를 타고 천천히 달리는 동안 우리는 아무 말도 하지 않았다. 또 어떻게 침묵을 끊어낼지 고민할 때, 재하가 카 오디오를 켰다. 이름 모를 가수의 노래가 흘러나왔다.

젊은 날에 나는 당신을 알았던가. 그때에 우리는 서로를 또 어떻게 불렀던가.

재하는 운전을 하며 후렴구를 따라 흥얼댔다. 잔뜩 갈라진 목소리로. 노래를 부를 때는 목소리가 달라지는구나. 재하의 노래를 듣기는 처음이었다.

이혼한 전처도 운전을 할 때면 노래를 부르곤 했다. 나는 운전할 때 방해가 되어 라디오도 듣지 않았지만, 전처는 날씨나 기분에 따라 매번 고심해 음악을 골랐다. 그녀는 유재하의 노래를 즐겨 들었고, 「우울한 편지」를 자기 식으로 개사해 부르곤 했다. 나를 바라볼 때 웃음 짓나요, 마주친 두 눈이 미소 짓나요, 하는 식으로. 그녀는 슬픔을 견디지 못하는 사람이어서 아픈 가사를 그렇게 바꾸어 불렀다. 그녀가 흥얼거리던 노래들을 나는 그녀와 헤어지고 한참이 지나도록 듣지 못했다.

북쪽을 향해 이십분쯤 달리자 능이 보였다. 진초록의 나무들이 무성했고, 텁텁한 바람이 불면 우거진 수풀이 한 방향으로 느리게 넘실댔다. 인릉에 다다를 즈음 차창을 열었다. 달고 짙은 풀냄새가 밀려왔다. 하나도 변하지 않았구나. 아버지가 사진관을 처분한 이후론 들른 적 없는데도 익숙하게 느껴졌다. 재하는 종종 인릉에 왔다고 했다. 몇년 전까지는 어머니를 모시고 산책도 하고 사진도 찍으러 왔다고 그애는 말했다.

가까우니까요.

그치, 가까우니까.

평일 오후의 능은 한적하고 고요했다. 재하는 자주 멈

쳐 서서 사진을 찍었다. 뭘 찍는지는 빤했다. 죽은 곤충이
나 영양분이 없어 마른 나무, 뱀의 허물. 식당 벽에 걸려
있던 괴괴한 사진들이겠지. 걸음을 늦춰 그애 곁에 나란
히 섰다. 한때는 내가 그애보다 이십 센티 정도 더 커서 대
화를 나눌 때마다 늘 내려다봐야 했는데, 이제 그애가 나
보다 커서 나를 내려다보고 있었다.

저기서 뭐 하나 봐요.

한동안 사진을 찍던 재하가 정자각 쪽을 가리켰다. 제
복(祭服)을 입은 노인 둘이 그 안에서 기제사를 지내고 있
었다. 한 사람은 크고, 한 사람은 작고. 키만 차이 날 뿐 복
장과 생김새가 쌍둥이라 해도 믿을 만큼 닮은 노인들이었
다. 그들이 위패를 모시고 경건하게 축을 읽는 광경을 가
만히 지켜보았다. 키 큰 노인이 술을 따르다 말고 우리를
향해 물었다.

자네들도 전주 이씬가?

아닙니다.

그럼 형젠가?

노인의 물음에 나도, 재하도 아무 말도 하지 못했다. 키

작은 노인이 말했다.

자네들도 저기 배위 가서 절 올리고 와.

저희들이요?

재하가 묻자 키 큰 노인이 답했다.

한번 해봐.

눈치를 보다 '배위'라고 부르는 넓적한 돌판에서 어설프게 절을 올렸다.

네번 해야 돼. 네번.

노인들이 소리쳤다. 절을 하며 여기가 누구 능인지 곰곰이 생각했다. 전에는 알았는데 갑자기 떠올리려니 좀처럼 생각나지 않았다. 누가 묻혔는지도 모르면서 절이라니. 절을 올리다 말고 재하 쪽을 힐끗 보았다. 그애는 사뭇 진지한 얼굴로 사배를 했다.

넌 여기 누구 능인지 아니?

속삭이자 그애 역시 목소리를 낮추며 조용조용 말했다.

인릉이니까 인조 아네요?

다시금 고민해보았지만, 기억나지 않는 건 마찬가지였다.

절을 다 하고 능 쪽으로 올라가려는 우리를 노인들이 불러 세웠다. 노인들은 제사에 쓴 옥춘당이며 깐 밤을 봉지에 싸서 나누어주었다.

아닙니다. 저희는 종실도 아닌데.

줄 때 받아. 산 사람도 죽은 사람도 다 조금씩 나눠 먹으라고 차린 건게.

키 작은 노인이 말했다.

노인들이 준 옥춘당을 조금씩 녹여 먹으며 재하와 능 주위를 빙 둘러 걸었다. 전에는 주변에 아무것도 없었는데 이젠 숲 너머로 아파트 단지가 죽 늘어선 게 보였다. 변치 않는 건 없구나, 생각하며 말없이 능침을 돌았다.

키 큰 자작나무 사이로 잎이 넓은 생강나무, 향이 짙은 산초나무가 심겨져 있었다. 깊숙이 들어갈수록 나무가 내뿜는 향이 짙어졌다. 능침을 두어바퀴쯤 돌았을 때, 재하에게 물었다.

식당 정리하면 무슨 일을 할 거니?

그애는 머뭇머뭇 말을 이었다.

일본에 갈까 해요.

일본은 왜?

아는 사람이 고베에서 파친코장을 하는데 그게 돈이 좀 되나봐요. 잘되면 아예 그쪽에서 눌러살까 생각하고 있어요.

파친코라. 번 돈 다 잃고 오는 거 아니냐고 우스갯소리를 하려다 그만두었다. 나는 농담에 소질이 없었다.

고베라, 고베면 너무 멀지 않니?

비행기 타면 금방인데요, 뭐.

그래도 여기 있는 게 더 낫지 않겠어?

타인에게 들은 타향살이의 곤궁함, 향수병과 고독, 다른 언어나 문화에서 느끼는 괴리감에 대해 나는 멋모르고 떠들어댔다.

찾아보면 여기도 일자린 많을 텐데…… 아직 젊잖아, 넌.

재하의 얼굴이 미묘하게 일그러졌다. 감정을 꾹꾹 실은 채 그애는 말했다.

모르는 소리 마세요. 형이라면 몰라도 나 같은 놈한테 여기는, 폐허예요.

무슨 말인가 더 하려다 그애는 입을 꾹 다물었다. 그애

입에서 나온 형이란 말이 무척 낯설고 어색했다. 그 '형'
이란 말을 하필이면 이런 상황에 듣다니. 괜한 말을 했다
고 통감하면서도 한편으론 내가 한 말이 뭐 그리 거슬리
나 싶어 마음이 상했다. 다 저 걱정해서 하는 소리인데.

　물고 있던 옥춘당을 능침 쪽으로 투 뱉었다. 능 위로 올
라가려던 암갈색 고양이가 흠칫하며 풀숲으로 달아났다.
생각해보면 나는 살면서 터득한 요령이나 더 나은 인생의
지표를 재하에게 알려줄 만한 사람이 못 되었다. 나 역시
그런 노하우 따위 없었다. 내 앞가림도 제대로 못하는데.
어쩌면 그런 이유로 자꾸 실없는 말만 늘어놓은 것인지도
몰랐다.

　능을 몇바퀴 도는 동안 재하와 나 사이는 자꾸만 벌어
졌다. 멀어지는 재하를 바라보며 나는 아버지와 전처를,
나의 어머니와 재하의 어머니를 생각했다. 아버지를 본
지는 한달이 넘었고, 전처와 마지막으로 만난 지는 삼년,
재하 어머니와는 십오년, 나의 어머니와는 까마득히 오
래. 그나마 만나고 싶을 때 만날 수 있는 사람은 아버지뿐
이었다. 아버지는 경기 외곽의 요양원에 반년째 머물고

있었다. 요양보호사는 종종 메시지로 아버지의 사진들을 보내주었다. 사진 속 아버지는 눈에 띄게 수척했다.

어르신이 적응을 참 잘하세요. 벌써 친구도 여럿 사귀셨어요.

침대에 비스듬히 누워 장기를 두는 아버지, 휠체어를 타고 산책을 하는 아버지, 마비된 안면을 구기고 힘겹게 웃으며 누군가의 생일을 축하하는 아버지.

이제는 곁을 떠나거나 내가 기억하는 모습과 달라진 이들을 떠올리며 나는 그렇게 한참을 걸었다.

잎의 뒷면이 은빛으로 반짝이는 보리수나무 곁을 지나자 재하가 사진 찍는 모습이 보였다. 재하는 능 한편에 선 오리나무를 카메라에 담고 있었다. 우화의 흔적이 고스란히 남은 선퇴가 나무줄기에 붙어 있었다. 피사체가 될 만큼 매력적이거나 긴요한 것이 아니었는데도 그애는 아주 유심히 포커스를 맞추어 그것을 포착했다. 혹여 방해가 될까 그애 곁에 조용히 섰다. 내 기척을 느낀 건지 재하는 조리개를 돌리며 말했다.

매미는 칠년이 넘도록 땅속에 살다 밖으로 나온다는 거

알아요?

바람이 불 때마다 선퇴가 파스스, 부서지는 소리가 났다. 가루가 되어 흩어질 듯하면서도 온전한 상태를 유지하며 그것은 나무줄기에 매달려 있었다.

땅 위로 나와서는 겨우 한달 남짓 산대요. 가끔은 궁금해요. 한달간의 생이 존재한다면, 나는 누구를 가장 먼저 기억하고, 누구를 가장 마지막으로 떠올릴지.

과학 만화를 좋아하던 그 옛날의 재하가 떠올라 문득 웃음이 났다. 재하는 셔터를 누르며 말했다.

있잖아요. 아까 형이 가게에 들어왔을 때 솔직히 반갑지는 않았어요.

곤혹스러웠다. 무슨 말을 할지 고민하는 사이 그애가 먼저 말을 이었다.

요즘은 사람을 만나면 자꾸 안 좋은 생각만 들어요. 나한테 뭐 원하는 게 있어서 접근하는 건가 깔보는 건가 싶고, 별거 아닌 말에도 화가 나고.

푹 가라앉은 목소리로 그애는 이야기했다. 누군가를 의심하거나 미워하지 않으면 살아갈 수 없는 사람이 되어버린 것 같다고, 그래서 도망치는 거라고.

좋아하던 사람도 미워지니까 자꾸 움츠러들어요. 지금
의 제가 매미라면 땅 위로 나오는 걸 포기할 것 같아요. 저
진짜 후지죠?

뷰파인더에서 눈을 떼고 재하는 나를 바라보았다. 재하
의 말에 나는 어떤 답도 할 수 없었다.

아까 그거 다시 보여줄 수 있어요?

뭐?

그 스트리트 뷰인가 하는 거요.

캡처한 스트리트 뷰 화면을 재하에게 보여주었다. 조리
복을 입은 재하와 그애의 어머니가 가게 앞에 쓰레기를
내놓는 그 짧은 순간에서 그애는 눈을 떼지 못했다.

다 크고 나서는 엄마랑 둘이 사진 찍은 적이 없어요.

왜?

사느라 바빠서 그런 게 아닐까요. 사진관 갈 여유도 없
었고.

재하는 화면 속 어머니를 확대해 보다 내게 말했다.

사진 찍어드릴게요.

재하의 말에 나는 손을 내저었다.

됐어.

그러지 말고 저기 서보세요.

됐다고 몇번 더 거절하다 결국 재하가 가리키는 쪽에
서서 어정쩡하게 포즈를 잡았다. 몸을 사선으로 틀기도
하고 허리춤에 슬쩍 손을 올리기도 하며. 누구 앞에서 포
즈를 취하기도 오랜만이었다. 재하는 뷰파인더를 들여다
보며 왼편으로 조금 더 오세요, 좀 웃으세요, 연달아 외쳤
다. 한참 만에 그애가 오케이 신호를 보냈다. 경직됐던 입
꼬리를 풀고 그애 곁으로 다가갔다.

한장 찍어줄까?

됐어요, 저는.

재하는 왼뺨을 어루만졌다. 홍반이 옅어졌는데도 여전
히 사진 찍히기를 꺼리는 것 같았다.

너무 후지잖아요. 지금 내가.

나는 주변을 조금 돌아보다 빛이 환히 드는 방향에 그
애를 세웠다.

이쪽은 역광인데……

말없이 뷰파인더를 들여다보며 나는 그애의 전신과 능을 전부 담을 수 있는 위치를 찾았다. 팔을 내저으며 쑥스러운 듯 웃는 그애가 뷰파인더에 비쳤다.

같이 찍을래요?

재하가 소리쳤다. 독사진을 찍은 지 너무 오래되어 민망하다고, 같이 찍으면 그나마 덜 부끄러울 것 같다고 그애는 말했다. 조금 망설이다 나는 고개를 주억였다.

판판한 반석 위에 카메라를 올려두고 타이머를 누른 뒤, 재하 옆으로 뛰어갔다. 카메라가 작동이 느려 뛴 보람도 없이 그애와 나는 같은 자세로 한참을 멈춰 있어야 했다. 우리는 약간 거리를 둔 채 렌즈에 시선을 고정했다. 어깨에 팔이라도 걸칠까, 생각했지만 행동으로 옮기진 못했다. 살가움이나 다정함. 나는 원체 그런 것들과 거리가 멀었다. 나이가 들수록 그게 더 어려워졌고.

찍힌 것 같아요.

가끔 셔터음이 들리지 않을 때가 있지만 사진은 선명하게 나온다고 재하는 말했다. 우리는 번갈아가며 사진을 확인했다.

잘 나왔네.

잘 나왔네요.

역광이 심해 누가 그애고, 누가 나인지 구분조차 어려웠다. 잘못 찍은 사진이었지만 누구도 다시 찍자고는 하지 않았다. 알 수 없는 표정으로 재하는 한참 사진을 들여다보았다. 빛 아래 우리는 두점 그림자 같았다.

*

노인들은 이미 능을 떠나고 없었다. 그들이 제를 지내던 자리도 아무 일 없던 것처럼 깔끔했다. 우리는 들어올 때와 마찬가지로 홍살문을 지났다. 재하가 앞서고 내가 뒤를 따랐다. 문을 나오기 전, 이상한 기분이 들어 뒤를 돌아보았다. 어둑한 하늘 아래 능이 흐릿하게 보였다.

멀리서 매미 소리가 들려왔다.

저녁을 먹고 가라는 재하의 청을 거절하고 버스 정류장으로 향했다. 저녁이 어려우면 집까지 데려다주겠다고 재하는 말했지만, 그 역시 거절했다.

버스 정류장은 아까와 마찬가지로 한산했다. 나는 버스를 기다리며 담배를 꺼냈다.

한대 피울래?

그애는 고개를 저었다.

이제 괜찮아요.

내가 담배를 태우는 동안 재하는 휴대폰으로 또다시 게임을 했다. 이거라도 잡고 있어야 좀 안정이 돼요. 불현듯 그애가 했던 말이 떠올랐다. 무어라 조언이라도 해줄까 고민하다 결국은 아무 말도 하지 못했다.

버스에 타기 전, 재하는 내 손에 비닐봉지 하나를 쥐여주었다. 능에서 만난 노인들이 줬던 그 봉지였다.

뭐라도 드리고 싶은데 드릴 게 없어서. 가다 허기지면 드세요.

나는 웃으며 봉지를 받아 들었다.

그래. 조심히 들어가고.

네. 자리 잡으면 연락드릴게요.

내가 버스에 오르고 자리에 앉을 때까지 재하는 떠나지

않고 버스가 출발하기를 기다렸다. 그만 가라고 손짓을 해도 꼼짝 않고 그 자리에 서 있었다. 직장을 떠나면서 바꾼 연락처를 그애에게 알려주지 않았다는 걸 나는 알고 있었다. 버스는 떠나지 않았지만, 내려 상황을 설명하거나 진짜 연락처를 알려주고 싶다는 마음은 좀처럼 들지 않았다.

버스가 출발하고 재하의 모습이 조금씩 멀어지고 나서야 그애가 준 봉지를 열어보았다. 다 부서진 옥춘당과 깐밤, 그리고 내가 재하에게 줬던 돈이 그대로 들어 있었다.

옥춘당 조각을 집어 입안에 넣었다. 달고 화한 맛이 혀끝부터 천천히 퍼졌다. 입안에서 사탕 조각을 굴리며 내가 왜 이곳에 왔을까 곰곰이 생각했다. 재하에게 해주어야 했을 말들을 뒤늦게나마 중얼대보았다. 잘 지냈니, 보고 싶었어, 잘 지냈으면 좋겠다, 미안해 같은 평범하고도 어려운 말들. 이제 와 전송하기에는 늦어버린, 무용한 말들을.

고베는 여기서 얼마나 떨어져 있을까.

휴대폰으로 고베를 검색해보았다. 고베에 관한 정보가 펼쳐졌다. 일본에서 여섯번째로 큰 도시. 항만도시이자 온

천이 유명한 도시. 비행기로는 일곱시간이 넘게 걸리고, 이곳에서 788킬로미터나 떨어져 있는 곳. 스트리트 뷰를 확대해 보았다. 그곳 역시 이곳과 크게 다르지 않았다. 신축되거나 부서져가는 주택과 상점, 정비 중이거나 포장되지 않은 도로, 그리고 어딜 가나 쓸쓸하고 불안한 얼굴을 한 이들.

재하와 다시 만날 수 있을까. 그때 우리는 서로를 어떻게 부르고 또 어떤 말을 나누게 될까.

창밖을 보았다. 버스는 탄천교로 들어서고 있었다. 아무것도 두고 온 게 없는데 무언가 잃어버린 듯한 기분이 들었다.

능에서 서서히 멀어지고 있었다.

재하

고베에 정착하고 장장 여섯달이 지났습니다.

이곳에서 두 계절을 보냈지만, 아직 정착이라는 말이 입에 잘 붙지는 않습니다. 타국이기 때문일까요. 아니면 아직 언어가 서투르기 때문일까요. 처음 한달은 심하게 물갈이를 했고, 간단한 회화조차 알아듣지 못해 편의점에서 물티슈 하나 사는 것도 어려웠는데, 지금은 그럭저럭 살고 있습니다.

제가 일하는 곳은 파친코와 슬롯머신을 백대 정도 들여놓은 작은 가게인데 —— 이보다 규모가 더 큰 파친코장이 숱하더군요 ── 은근히 찾는 사람이 많습니다. 어떤 이들은 가게 셔터를 올리기 전부터 문 앞에 줄을 서서 기다리고, 한 젊은 남자는 대여섯살짜리 남자아이와 매일같이 파친코장에 출근 도장을 찍습니다. '욘사마' 얼굴이 새겨진 기계에서 두번이나 잭팟이 터졌다며 늘 그 자리를 선점하는 나이 든 여자도 있습니다.

여기서 저는 환전 업무를 담당하고 있습니다. 완두콩만한 쇠구슬을 경품이나 현금으로 바꾸어주는 일입니다. 초반에는 마치 장난감 은행의 지점장이 된 것처럼 흥미로웠지만, 일이 몸에 밴 지금은 반복되는 업무가 그저 권태로울 뿐입니다.

오전 열시에 출근해, 늦은 저녁을 먹고 자정쯤에야 하숙집으로 돌아갑니다. 관광을 하고 싶어도 평일에는 마땅히 짬이 나지 않고, 주말에는 묵은 피로를 가라앉히느라 늦게까지 이불에 파묻혀 있기에 지난 여섯달 동안 이 동네를 벗어난 적이 없습니다.

어디론가 떠나고 싶은 충동이 들 때마다 저는 스트리트 뷰를 살펴보곤 합니다. 우거진 수풀 사이로 굵은 물줄기가 시원하게 쏟아져 내린다는 누노비키 폭포나 고베의 랜드마크라 불리는 포트 타워, 봄이면 성곽 주변에 벚꽃이 흐드러지게 피어 장관을 연출한다는 히메지성도 그렇게 둘러보았지요. 커서를 옮기며 이곳저곳 누비다보면 그곳을 온전히 혼자 누리는 것만 같은 기이한 충만함에 잠기곤 합니다. 특히 스트리트 뷰 속에 정물처럼 멈추어버린 사람들의 표정과 마음을 더듬을 때면 잠잠히 흐르던 시간이 그대로 고여버리는 것 같기도 합니다. 그 속에서 나 혼자 천천히 누군가의 기억을 걷는 것 같다는 생각도 들고요.

형도 그런 생각을 한 적이 있나요.

가끔은 국경을 뛰어넘어 전에 운영하던 중식당이 있던 자리에 가봅니다. 그곳은 그새 주차시설로 바뀌었습니다. 어머니와 내가 함께 식당 앞에 쓰레기를 내놓는 모습도 사라지고 없습니다. 공연히 커서를 옮기며 주변을 왔다 갔다 해봅니다. 내가 알던 풍경들이 삽시간에 변모하고, 낯설어지고…… 그럴 때면 한국도 이곳처럼 제게 완전한 이국이 된 것 같습니다. 시간이 지나면 더 생소해지겠지요.

이곳 고베에도 하루가 다르게 헐리고 사라지는 것들이 무수하지만 묵묵히 보존되는 것도 있습니다. 제가 기거하는 하숙집은 팔십년 동안 유지되어온 구옥으로, 삼대에 걸쳐 이어져왔다고 합니다. 단열이나 방음이 잘되지는 않지만 창밖으로 보이는 풍광은 아주 근사합니다.

오오누키라는 성(姓)의 아주머니가 홀로 이곳을 운영합니다. 하숙인은 저 하나뿐이지만 '이누'라고 불리는 성견이 있어 쓸쓸하지는 않습니다. 이누가 무슨 뜻인지 오오누키 씨에게 물었더니 일본어로 '개'를 이르는 말이라고 알려주었습니다. 시골에서 키우는 개를 멍멍이라고 부르듯 여기서도 그런 별칭을 붙이는구나, 조금 웃었던 기억이 납니다.

이곳에서의 일상은 단조롭습니다. 평일에는 파친코장에서 일을 하고, 주말에는 오후까지 늦잠을 잔 뒤 이누를 데리고 동네를 산책합니다. 너른 바다를 낀 동네라 한바퀴를 돌고 나면 축축한 바람이 머금은 소금기가 티셔츠에 배어듭니다. 이누는 언덕을 내려갈 때마다 빠르게 발을 구르고, 저는 그 속도를 따라잡느라 매번 애를 먹습니다.

같이 가, 천천히 가.

불러봐도 모국어가 아니라 알아듣지 못하는 건지 이누는 저 홀로 선착장을 향해 달려가곤 합니다.

어느 정도 몸을 데우고 난 뒤에는 이누와 선착장에 앉아 물결에 둥둥 떠다니는 해초나 반짝이는 윤슬을 가만히 구경합니다. 파도가 밀려왔다 밀려가는 것을 지켜보고 있으면, 그동안 저를 둘러쌌던 불안과 염오가 조금씩 옅어지는 것 같기도 합니다. 참 이상하지요. 이제는 더이상 시시때때로 휴대폰을 들여다보거나 게임을 붙잡고 있지 않으니까요.

대신 저는 요즘 다시 사진을 찍습니다. 고장 난 줄 알았던 DSLR 카메라가 둔탁하게나마 작동해 그것을 가지고 다니며 하루에 한장씩 찍습니다.

바위틈에 숨은 불가사리, 선체에 내려앉은 빛 조각, 빨랫줄에 걸린 흰 이불, 피부가 보기 좋게 그을린 청년들, 대합조개와 소라 껍데기, 잘 익은 무화과와 가지, 당근, 허브를 늘어놓고 파는 농작물 가판대, 젖은 흙, 알록달록한 플라스틱 공을 던지며 저글링을 하는 남자, 팔을 타고 흐르는 복숭아 과육……

그동안 제가 찍어오던 것과는 사뭇 다른 장면을 카메라에 담습니다.

얼마 전에는 오오누키 씨의 도움으로 메모리 카드에 있던 사진들을 인화했습니다. 그대로 묵히지 말고 사진첩에 넣어 보관하라는 오오누키 씨의 조언 때문이었습니다. 한국에 있을 때 찍었던 사진까지 전부 인화하자 백장도 넘는 사진이 모였습니다. 오오누키 씨는 사진들을 한장 한장 넘겨 보다 제게 물었습니다.

이분은 누군가요?

그 사진을 받아 들고 저는 잠시 말을 잇지 못했습니다. 그건 제가 형을 찍은 사진이었습니다. 능 앞에 엉거주춤 서서 웃고 있는 형이 선명히 담겨 있었지요. 뭐라고 답을 할지 저는 한참 망설였습니다. 할 말을 고르다 결국은 짧은 일본어로 답했습니다.

이 사람은…… 제 형이에요.

오호, 재하 상과 닮았어요.

그런가요?

네. 웃는 얼굴이요. 재하 상도 웃을 때 이렇게, 눈이 반달이 되거든요.

그녀는 사진을 조금 더 넘기다 다시 물었지요.

여긴 어딘가요?

홍살문을 어떻게 설명하면 좋을지 몰라 주저하다 산 사람도 죽은 사람도 함께 드나드는 문,이라고 다소 단순하게 더듬더듬 얘기했습니다. 그녀는 알 수 없는 표정으로 사진을 바라보다 말했습니다.

이 사진 내가 가져도 될까요?

그럼요.

저는 고개를 끄덕였습니다. 홍살문에 대한 설명을 오래전 누군가에게 들은 것 같았는데, 그걸 말해준 이가 잘 기억나지 않았습니다. 형이었을까요, 새아버지였을까요. 제가 흐릿한 기억을 들추는 동안, 오오누키 씨는 사진 뒷면에 종이를 덧대고 편지를 썼습니다. 누구에게 쓰는 거냐묻자 그녀는 센다이에 사는 동생에게 쓴다고 답했습니다. 대지진으로 아이를 잃은 동생의 이야기를 조금 들려주면서요. 한참 연필을 붙잡고 있다 오오누키 씨는 제게 권했습니다.

재하 상도 써요.

저요? 저는 보낼 사람이 없는데요.

그러지 말고 형한테 쓰는 건 어때요? 내가 부쳐줄게요.

망설이다 사진 하나를 골라 들었습니다. 역광 속에서 찍은, 누가 형이고 누가 저인지 구분하기 어려운 사진이었습니다.

사진 뒷면에 무슨 말을 적을지 저는 오래 고심했습니다. 잘 지내세요? 애써 첫 문장을 쓰다 지우고, 저는 잘 지내고 있어요, 다시 쓰다 지우고. 종이가 거칠게 일어날 때까지 문장을 썼다 고쳤습니다.

그렇게 수차례 쓰고 고치며 겨우 한 문장을 남길 수 있었습니다.

오늘 아침, 출근하려는 저를 오오누키 씨가 다급히 불렀습니다. 우체국에 가려는데 편지에 받는 사람 주소가 적혀 있지 않다면서요. 오오누키 씨는 사진을 넣어둔 편지 봉투를 제게 건넸습니다.

얼른 쓰고 주세요. 한꺼번에 부치게.

빈 우편번호 칸 앞에서 저는 조금 곤란해졌습니다.

한국을 떠나기 전, 형을 만나러 간 적이 있습니다. 형이 준 명함에 적힌 주소로 찾아갔었지요. 전에 형과 만났을 때 못다 한 이야기를 하기 위해서요. 저의 우울을 여과 없이 쏟아낸 것이 부채로 남아 있었고, 넉넉한 환경에서 일하는 형이 궁금했습니다. 형과 이야기를 나누다보면 한국에 머물 이유가 하나쯤은 생기지 않을까, 생각하기도 했고요. 부끄럽지만 얼마간은 돈을 빌리러 간 것도 있습니다. 자존심이나 염치를 버리고 형에게 부탁하려 했지요. 지금 생각해보면 형이 차고 있던 좋은 시계나 여유로운 태도를 보고 제멋대로 형을 판단했던 것 같기도 하지만요.

그래서 형이 오래전 퇴사했고 번호도 바꾸었다는 사실을 알았을 때 많이 실망했고 분했습니다. 나는 비루한 처지를 다 드러내었는데 그걸 보면서 얼마나 비소했을까, 다소 난폭하게 단정 짓기도 했지요. 그때는 형을 이해할 수 없었지만, 지금은…… 괜찮습니다. 제게는 말 못할 이유가 있었을 테지요. 그저 그렇게 생각합니다.

곰곰이 고민하다 저는 봉투의 공란에 오래전 우리가 함께 살던 집의 주소를 적었습니다. 사진관에 딸린 그 작은 집의 주소를요. 한데 모여 밥을 먹고, 골목에 나가 자전거도 타고, 간간이 웃음을 터트리던 한때를 반추하면서요.

누가 이 편지를 받을까요.

재하야, 다정히 부르며 이마를 쓸어주는 아버지일까요. 희고 따뜻한 빛이 새어 들어오는 창가에 서서 해바라기를 하는 어머니일까요. 이어폰을 끼고 음악을 듣다 가만히 미소 짓는 형일까요.

누구든 그곳에서는 더이상 슬프지 않기를 바라며 오오누키 씨에게 편지를 건넸습니다. 미처 못다 한 말이 봉해진 편지를요.

* 재하와 기하가 트럭을 타고 인릉으로 향할 때 듣는 노래는 조월의 노래 「악연」의 한토막을 가져왔다.

넉넉히 이해하고 사랑하는 마음으로

김유나

1

기하를 찍은 사진에서 시작해 재하가 찍은 사진으로 끝나는 『두고 온 여름』은 사년 남짓 잠시 '가족'으로 지냈던 이들의 이야기다. 기하와 기하 아버지, 재하와 재하 어머니. 네 사람이 함께 지낸 공간이 기하 아버지가 이십년 넘게 운영해온 사진관이어서 그런지 그들이 추억하는 사건은 대부분 사진 혹은 카메라와 닿아 있다. 그 때문에 그들이 함께했던 한 시절이 책을 덮고 나서도 사진첩 속 사진 한장 한장처럼 기억에 또렷이 남는다. 처음이자 마지막으로 네 사람이 함께 찍은 가족사진, 기하 아버지가 홍살문 앞에서 찍은 허공, 뜻하지 않게 인릉으로 나들이를 나간 날, 재하가 찍은 기하와 재하 어머니의 흔들린 뒷모습.

하지만 중요한 것이 늘 그렇듯, 이 소설에서도 가장 마음이 기우는 부분은 보이지 않고 쓰이지 않은 기억과 감정에, 즉 '여백'에 있다. 성해나의 이전 소설은 작가가 소품의 문양까지 세세하게 조율한 느낌이었다면, 『두고 온 여름』은 그림을 완성한 다음 무언가를 지운 느낌이랄까. 작가의 역량이 부족해서, 혹은 적절한 기교가 필요해서 여백을 만든 것이 아니라 빛바랜 사진 속에 감정이 담길 자리를 가까스로 비워놓은 것만 같다. 그 빈자리에 네 사람이 제각각 애쓰는 모양과 사려 깊게 다가갔음에도 어쩐지 어긋나고 만 마음들이 무겁게 내려앉아 있다. "아무것도 두고 온 게 없는데 무언가 두고 온 것만 같았다"(38면)고 말하는 기하의 마음과 마찬가지로, 내 모습이 담긴 어떤 사진을 볼 때 당시의 풍경이나 냄새, 카메라를 든 사람의 표정, 기뻐서가 아니라 그래야 할 것 같아서 지었던 미소 같은 것이 떠오르듯이.

상견례 때 등나무 퍼걸러 아래서 찍은 가족사진과 기하 아버지의 사진관에서 DSLR 카메라로 찍은 가족사진. 그 사이에 재하는 뺨을 가렸던 손을 내리고 기하의 어깨에 머리를 기댄다. 네 사람이 함께한 인릉 나들이와 기하와 재하 두 사람이 함께한 인릉 산책. 과거 새어머니의 팔짱을 쳐냈던 기하는 시간이 지나 재하의 마음을 가늠하며 나란히 걷고, 늘 살가웠던 재하는 어쩐지 냉담한 사람이 되어 기하에게 돈을 되돌려준다.

반복 속에서 인물들의 감정은 전과 달리 깎이거나 되레 뾰족해지는데, 성해나는 그 간극을 설명으로 채우기보단 여백으로 비워둔다. 그에게 『두고 온 여름』의 집필 과정을 들어보니 그 여백이 어떻게 만들어졌는지 짐작이 갔다. 작가 스스로 간극을 계속해서 감각하고 돌아보며 썼을 거라는 생각.

"이번 소설은 시간을 길게 두고 썼어요. 2019년에 쓴 소설을 삼년이 지난 뒤에 덧대고 고쳤어요. 그 무렵에는 내가 이런 생각을 했구나, 이런 문장을 쓸 수 있었구나. 그때는 몰랐던 것들을 다시 읽으며 조금 이해했던 것 같아요. 간극이 상당해 처음에는 인물의 감정이 잘 짚이지 않다 후에야 찾아들 때도 있었고요.

그러다보니 사람이 유동적인 존재라는 생각이 들었어요. 사람은 언제든 변할 수 있고, 그 변화가 긍정적이든 부정적이든 변화한다는 것 자체가 의미 있는 과정이라는 생각이요. 생 안에서 고투하고 화해하며 기하의 뾰족함은 그리움과 넉살로 바뀌고, 재하는 유년에 비해 조금 쓸쓸해졌죠. 두 사람이 왜 그렇게 변했는지 일일이 설명하기보단 독자들이 그 변화의 간극을 자연스럽게 받아들이도록 쓰고 싶었어요."

2

기하와 재하의 유년시절 속에서 어떻게든 잘 지내보려고 노력한 사람은 아무래도 그들을 가족으로 엮은 재하 어머니와 기하 아버지일 것이다. 재하 어머니가 그의 고유한 성품으로 기하에게 "공평한 애정"(22면)을 주고 "타미 힐피거"(17면) 셔츠를 선물하고 "팔짱을 끼는"(37면) 방식으로 노력했다면, 아버지는 그간 고수해오던 것에 변화를 주는 방식으로 노력한다. "늘 다른 이들보다 한발씩 늦"(10면)는 아버지는 기하가 사진관을 정비하고 DSLR 카메라를 들이자고 했을 때 "그런 것도 젊은 사람들이나 쉽게 배우"(11면)는 것이라며 거절했지만, 재하 모자가 집에 들어오자 서둘러 DSLR 카메라를 구입하고 평생학습관에서 포토샵을 익힌다. 네 사람의 처음이자 마지막 가족사진도 그 DSLR 카메라로 찍는다. 그날 기하 아버지는 서툴게 사진을 찍고 재하의 뺨에 있는 홍반을 포토샵으로 지운다. 재하 어머니는 기하에게 새 옷을 건네고, 기하는 내심 기뻐하며 그 옷을 입고, 재하는 기하의 어깨에 살며시 머리를 기댄다.

"기하 아버지는 늘 다른 이의 사진만 찍어주고 자신이 피사체가 되는 경험이 많지 않을 거라고 여겼어요.

재하 어머니 역시 사는 게 바빠서 사진을 찍을 기회가 많지 않았던 사람이고요. 시작을 향한 설렘과 충만은 아이들이 아니라 두 사람이 더 크게 느꼈을 거라 생각해요. 기하 아버지가 재하의 뺨에 있는 홍반을 포토샵으로 서툴게 지우는 장면이나 재하 어머니가 그날 입을 옷을 고르는 장면에서 이 관계를 오래 지속하고픈 그들의 바람이 드러난 것 같아요."

성해나는 유독 아버지와 어머니의 감정이 잘 짚이지 않아 충분히 다루지 못한 것 같다고 말했지만, 나는 그들이 살짝 감추어져 있어 더 풍부해졌다고 생각했다. 아버지가 출사를 나가서 사진을 찍는 장면 —"죽은 곤충이나 영양분이 없어 마른 나무, 뱀의 허물. 그런 것을 오래 관찰하고 더듬다 언제 찍을까 싶을 때 겨우 셔터를 눌렀다"(33면) —에서는 그의 내면에 말로 다 못할 전사(前史)가 있지 않을까 짐작해보기도 했다. 성해나는 '사실 그에겐 이러이러한 일이 있었다'라고 얘기해주는 대신 이렇게 답했다.

"기하 아버지가 찍은 사진들은 내면을 시각화한 것이라고 할 수 있지 않을까요. 이별, 실패, 죽음을 삶의 일부라 여기고 지나가는 이도 있겠지만, 그것을 삶의 전부처럼 품고 사는 사람도 있잖아요. 기하 아버지가 그런 사람이 아닐까 생각했어요. 그래서 떠나가버린 것들, 쓸모를 다해버린 것들에 온 마음을 쏟는 게 아닐까 하고요."

기하 아버지가 큰맘 먹고 들인 DSLR 카메라를 훗날 재하에게 이별 선물로 준 것도 비슷한 이유에서였을 것이다. 비록 지나간 사람이 되었을지언정 재하 모자를 소중하게 생각하는 마음은 변함없었을 거고, 이후에도 그들이 잘 살기를 진심으로 바랐을 테니까.

필름에서 디지털로의 이동은 소설에서 한 가정의 내밀한 변화로 그려진다. 시류의 변화가 개인을 소외시킨다거나 오랫동안 고수해온 것이 '낡은 것'이 된다는 주장은 뒤로 물러나고, 새로운 가족을 위한 아버지의 서툰 노력과 그것이 어색해 견딜 수 없는 아들의 감정이 두드러진다. 부모의 설렘은 오래 가지 못하고 '가족'이라는 관계가 지속되었으면 하는 바람도 실패로 끝나지만, 그럼에도 카메라와 사진은 변함없이 이 서툰 가족의 감정을 잇는 매개가 된다. 기하는 DSLR 카메라를 찾으려고 집 안을 뒤지다 우연히 "뻣뻣하게 걸어가는 나와 그런 내게 다가와 슬며시 팔을 두르려는 재하 어머니의 뒷모습"(42면)을 찍은 사진을 발견하고 그때를 떠올린다. 그리고 훗날 '스트리트 뷰' 속 재하 모자의 모습을 마주한 뒤 '재하반점'으로 향한다. 그렇게 만난 기하와 재하는 인릉에서 "판판한 반석 위에 카메라를 올려두고 타이머를 누른 뒤"(128면) 함께 사진을 찍는다. 재하가 고베에서 보내는 편지 또한 그가 찍은 사진 뒷면에 쓰는 것이다.

"이들에게 DSLR 카메라는 기억의 누름돌이라 생각해요. 필름 카메라로 찍은 사진은 인화를 해야만 볼 수 있는데, DSLR 카메라로는 그때그때 찍은 사진들을 바

로 볼 수 있잖아요. 사진첩처럼요. 사진첩을 만들 여력
이 되지 않는 재하 모자에게 기하 아버지가 한때의 기
억을 넘겨주었다고 여겨요. 재하가 앞으로 더 아름다운
기억들을 새기고, 담길 바라면서요."

　카메라는 실패한 관계의 증거처럼 겸연쩍게 건네어졌
지만, 재하에게만큼은 그 진심이 온전히 전달되었을 거
라고 생각한다. 재하야말로 기하 아버지의 마음을 닮은
사람이므로. 훗날 재하가 '재하반점'의 벽에 걸어둔 사
진들은 기하 아버지가 출사를 나가 찍은 사진들과 미묘
하게 닮아 있다. "흑백의 풍경 사진이 죽 붙어 있었다. 구
도는 잘 잡혀 있지만, 왜인지 어둡고 음침해 보이는 사진
들."(106면) 그건 두 사람의 내면이 어두워서가 아니라 그
들 모두 지나간 것을, 쓸모를 다해버린 것을 마음에 품고
사는 사람이기 때문일 것이다.

3

잠시간 가족으로 함께했지만 이제는 무엇이라고 불러
야 할지 어려운, 몇장의 사진과 그에 얽힌 기억으로만 남
게 된 관계. 이렇듯 명명하기 애매한 형태의 관계와 끝내
감당하지 못한 타인의 무게, 실패한 이해에 관해서라면
전작에서도 본 적이 있다.

"저는 혈연관계가 아닌 이들이 가족이 되는 이야기
를 주로 써온 것 같아요. 이번 작품을 쓰면서는 가족이
되고 싶었으나 그럴 수 없는 이들도 있겠구나, 서로를
향한 이해를 시도로만 남기고 돌아보며 후회하는 이들
도 있겠구나, 생각했어요."

전작의 단편들에서는 일대일로 관계를 맺은 인물들이
비교적 짧은 시간을 함께하는 과정을 그려 이해의 (불)가
능성을 이야기했다면, 이번에는 타인이 생활의 공간으로
들어와 '가족'이라는 이름으로 긴 시간 부대끼는, 보다 내

밀하고 섬세한 관계성을 다룬다. 소설이 시작되고 얼마 되지 않아 재하 모자가 등장하는데, 그들이 기하 부자와 함께 살게 된 경위가 짧게만 서술되어 읽는 입장에서도 평화로운 기하네에 낯선 이들이 불쑥 끼어든 것처럼 느껴진다. 물리적으로나 심리적으로 기하가 느꼈을 당혹감을 함께 실감하게 되는데, 그래서 기하의 냉랭한 태도를 보면 '녀석아, 좀더 상냥하면 좋지 않겠니?'라는 마음이 드는 동시에 '갑작스레 환경이 변하면 누구나 그럴 수 있지. 네 아버지가 다정하긴 한데 세심함이 약해' 하고 편을 들어주고 싶어진다.

재하가 기하에게 "토마토는 과일이게, 채소게"(25면) 묻고는 "식물학적으로는 과일인데, 법적으로는 채소래. 웃기지?"라고 스스로 답하는 장면은 네 사람이 이룬 관계를 떠올리게 한다. "과일이든 채소든. 그런 게 다 무슨 상관이야"(26면)라고 재하는 애써 덧붙이지만, 그 말에 담긴 바람과 달리 훗날 그들은 모든 면에서 '가족'이라고 불릴 이유가 없게 된다. 그러나 이미 서로의 무언가를 닮아버리고만, 부를 이름도 따뜻하게 추억할 순간도 모두 두고 온 사람들.

비록 함께인 상태를 오래 지속할 수 없었을지라도, 기하와 재하의 시선으로 만난 그 시절 가족은 한계나 슬픔만 간직한 것 같진 않다. 이 가족의 관계성을 어떻게 그리고 싶었느냐고 물었더니, 성해나는 직접 찍은 네 사람의 사진 한장을 건네듯 말했다.

"그들의 관계는 역광 속에서 찍은 사진과 비슷해요. 온전한 마음이나 진심을 주고받고 싶었으나 잘 살리려고 애쓰다보니 진심은 가려지고, 마음은 흔들리고, 그림자 같은 오해만 남았죠. 그래도 이들이 가족이 되고자 해온 노력이 실패나 아픔으로만 남지 않았기를 바라요. 너무 밝은 빛 속에 감추어둔 마음이 언젠가는 서로에게 닿을 날이 있을 거라고 생각해요."

4

"창작할 때 계획을 충분히 짜고, 구상도 철저히 하는 편이에요. 저는 '빌드업' 하는 시간을 오래 가져야 비로소 쓸 수 있더라고요. 인물의 전사를 면밀히 생각해요."

"구상하는 시간이 제일 재미있다"는 성해나는, 눈치챘겠지만 '계획형' 인간이다. 곁에서 지켜본 바로는 소설을 쓸 때뿐 아니라 사적인 부분에서도 그렇다. 나와 함께하는 글쓰기 모임에서 그는 여섯명이나 되는 모임원이 가장 편하게 모일 수 있는 장소를 미리 알아본다. 연말 파티를 위해 숙소를 예약하고 술과 케이크를 준비하고 음식을 만드느라 번잡했을 때도 성해나는 각자 맡은 바를 파악해 매끄럽게 진행되고 있는지 확인했고, 어떤 이가 돈을 더 써놓고도 모르고 있다는 사실까지 이미 헤아리고 있었다. 그런 사려 깊음을 누가 알아달라는 듯이 뽐내지도 않아서 유심히 지켜봐야지만 성해나가 그런 사람이란 걸 알 수 있다.

그는 소설을 쓸 때도 자신의 철저한 계획이나 구상이 소설에 직접적으로 반영돼 독자가 알아볼 수 있을 것인지는 계산하지 않는다. "유튜브 촬영에 대한 글을 쓸 때 디테일을 살리려 시니어 유튜브 강좌를 들었는데, 내용을 알아듣지 못해 사실상 실패였어요." 노력이 결실을 맺지 못하더라도 다만 인물이 어려움을 느낀다면 무엇 때문일지 따라가보려고 한다. 인물이 통과했을 시대에 가까워지기 위해 고서(古書)며 신문이며 가리지 않고 찾아 읽고, 인물이 생활하는 장소를 찾아 나선다. 『두고 온 여름』을 쓰는 동안엔 어떤 준비와 계획이 있었을까.

"이번 소설을 쓸 때는 인물의 감정에 무게를 둬야 한다고 생각해서 인물 스케치에 더 공을 들인 것 같아요. 캐스팅을 해보기도 했죠. 기하 역에 배인혁 배우를, 기하 아버지 역에 조성하 배우를, 재하 어머니 역에는 서영화 배우를 떠올려봤어요. 그리고 구체적인 질문을 던졌죠. 재하에게 사춘기가 오지 않았을까? 기하 아버지가 죽은 것들을 사진으로 남기는 이유는 뭘까?

소설에 등장하는 카메라에 관해서는 관련 서적을 읽고 여러 모델을 비교해보며 익혔어요. 80년대에 스웨덴에서 만들어진 핫셀블라드 중형 필름 카메라를 기하 아버지가 사진관에서 쓰는 카메라라고 생각하면서 썼어요. 제가 예전에 쓰던 DSLR 카메라에 담긴 사진들을 하나씩 넘겨 보며 인물들의 감정을 따라가보기도 했고요. 소설에 직접적으로 드러나는 방식은 아니었지만요."

모르는 분야를 자세히 공부하는 것도 그 나름대로 어려운 일이지만 그렇게 조사하고 찾아본 것을 드러내지 않기로 결정한 것은 더 어려운 일이라는 생각이 들었다. 어찌됐건 매편 구상에 오랜 시간을 들이는 건 마찬가지라고 하니, 그만의 이유가 있을 것 같았다.

"치밀하게 쓰고 싶어요. 짧게는 한달, 길면 서너달에 걸쳐 소설의 뼈대를 만들어가요. 사소하게는 인물의 가족 관계부터 습관까지 구상하고 인물이 사는 공간의 평면도도 그렇습니다. 건축 용어 중에 '내력벽'이라는 게 있어요. 건물의 무게를 지탱하도록 설계된 벽인데, 제겐 구상이 내력벽을 단단히 세우는 것과 마찬가지예요. 서사가 무너지지 않도록 하는 보강재죠."

'평면도' '내력벽' '보강재'라는 단어를 들으며 나는 성해나에게 평소 건축에 관심이 많으냐고, 당신의 소설도 꼭 건축과 닮았다고 말했다. 인물의 감정은 한 장 한 장 충실히 쌓아올려 그 결이 선명하고, 공간은 외벽의 자재부터 내부의 계단까지 구체적이다. 구성에서 안정감이 느껴지기 때문에 삐뚤어진 결말도 필연적으로 다가온다.

"소설을 쓰지 않는다면 건축가가 되고 싶을 정도로 건축에 관심이 있어요. 요즘은 소설보다 건축 관련 서적을 더 즐겨 읽고 있고요. 공간을 상상하고 직조하는 걸 좋아하는데, 제가 묘사에 능한 편이 아니라 상상한 바를 문장으로 구현하는 데에 한계를 느껴요. 더 공부하고 쓰면서 돌파해야 할 것 같아요."

맞은편에 앉아 꿋꿋하고 의젓한 목소리로 말하는 성해나의 머리 위에 상상으로 안전모를 얹어보았다. 건축구조기술사가 쓰는 작은 망치도 하나 들려주었다. 진중한 태도로 뚝딱뚝딱, 한 작가가 소설 속에 공들여 지었을 집들이 떠올랐다.

"도호를 따라 도착한 곳은 창신동의 한 상가 건물이었다. 도호네 집은 상가 꼭대기에 붙어 있었다. 엘리베이터도 없는 건물이라 계단을 오르는데 금세 숨이 찼다."

—「언두」부분, 『빛을 걷으면 빛』(문학동네 2022)

"아버지는 그들을 종택 안 정주간 쪽으로 데려갔다. (⋯) 아버지는 정주간의 빗장을 풀었다. 굳게 닫혀 있던 문을 열자 시큼한 악취가 훅 끼쳤다."

—「권당」부분, 같은 책

"서울에 그런 고택이 있는지 나는 그날 처음 알았다. 대문을 열고 들어서자 수형이 좋은 백송 사이로 일본식 목조 주택이 보였다. 짙은 색 원목으로 지어진 집은 삼층으로 되어 있었고, 맨

위층에 넓고 깨끗한 테라스를 두고 있었다."

—「소돔의 친밀한 혈육들」 부분, 같은 책

"내가 하우스 셰어링을 하게 된 집은 북아현동에 있는 연립주택이었다. 부엌을 겸한 거실을 끼고 두 개의 방이 나란히 붙어 있는 작은 평수의 투룸."

—「오즈」 부분, 같은 책

"내가 태어나던 해에 아버지는 강북에 있는 오십년 넘은 적산 가옥을 개축해 일터 겸 거주지로 삼았다. 가옥은 가벽 하나를 두고 이편은 사진관, 저편은 세칸의 방을 둔 가정집으로 나뉘어 있었다."

—『두고 온 여름』 부분

독자를 다른 시간과 역사가 켜켜이 쌓인 차원으로 걸어 들어가게 하는, 성해나가 지은 어쩐지 모두 오래된 집들. 나는 이 집들을 좋아한다. 작가와 소설을 분리해 생각해야 한다는 걸 알면서도 이쯤 되면 이 치밀한 작가가 분명 마당 넓은 고택에서 나고 자랐을 것이라 여겨져 물었더니, "저 아파트 키드예요"라는 답이 돌아왔다.

"통창이 있는 단독주택에 살고 싶은 소망이 있긴 해요. 소설에 자꾸 구옥을 등장시키는 건, 시간이 녹아 있고 세월이 묻어나는 장소에서 서사가 느껴지기 때문이에요. 제게 구옥이나 유적지는 시간이 고인 장소가 아니라 흐르는 장소인 것 같아요. 과거와 현재, 그리고 미래가 천천히 흘러 종내에는 하나로 모이는 공간. 그래서 그런 공간에 가거나 그런 공간에 있는 저를 상상해볼 때면 즐거워져요."

아무렴, 즐겁지 않고서야 그런 행복한 얼굴로 답할 순 없었을 것이다. 웃는 성해나를 보며 나도 함께 웃었다. 그러고 보면 성해나는 소설 속에서 구옥이나 유적지처럼 오래된 공간만을 그리는 것이 아니라, 동시대 소설에서 접하기 힘든 한자어도 자주 사용한다. 산문을 쓸 때는 단어의 뜻을 되짚어야 하거나 너무 눈에 띨 염려가 있으니 한자어 사용을 자제해야 한다는 말을 어디선가 주위들은 적 있는데, 성해나의 소설에선 '아삼륙' '염오' '묵연'과 같은 한자어가 어울리는 자리에 유연하게 사용된다. 성해나 소설의 고유한 분위기를 만드는 한자어들이 자연스럽게 나오는 것일지, 일부러 쓰는 것일지 전부터 궁금했다.

"자연스럽게 나오기도 하고, 일부러 쓰는 것이기도 해요. 어렸을 때 부모님이 거실에 텔레비전 대신 큰 책장을 두어서 여가 시간에는 책을 주로 읽었어요. 그럴 수밖에 없었죠. 책장에 꽂힌 책 다수가 옛날 소설이었어요. 한수산의 『부초』나 이문구의 『관촌수필』, 서영은의 『먼 그대』 같은. 갱지로 된 책들도 있었고, 한자음이 병기되지 않은 소설도 있었어요. 그때의 영향이 큰 건지 소설에 한자어를 많이 쓰는 것 같아요. 조금 딱딱하고 예스러울 수도 있지만, 저에게는 그렇게 적어낸 문장이 오히려 더 자연스럽고 이야기에 잘 어울리는 것 같아요."

몇살 때부터 그런 책을 읽었냐고 묻자 "초등학교 저학년 때부터, 뜻도 모르고요"라는 답이 돌아왔다. 마땅한 비

유인지는 모르겠으나 내가 어릴 적 별 이유 없이 「세일러
문」보다 드라마 「자반고등어」를 더 자주 보고 좋아하는
아이였듯, 성해나도 그 시절 그런 한자어를 학습으로 익
힌 것이 아니라 생활 속에서 자연스럽게 체화한 것이 아
닐까. 한 구석에 외롭게 서 있던 단어들이 성해나가 마련
한 공간에 편하게 자리를 잡고 앉은 것 같아 괜히 뿌듯했
다. 지금 어딘가, 거실이 책장으로 꾸며진 집에서 성해나
의 소설을 읽는 어린아이들을 떠올려보았다. 아무것도 모
를 때부터 소설 속에서 어떤 단어를 만나 뜻을 자연스레
알고 사용하는 기쁨이 멀리 멀리 번지면 좋겠다는, 그 아
이가 자라 내 앞의 성해나처럼 또박또박 의젓하게 말하면
더 좋겠다는 바람과 함께.

5

『두고 온 여름』을 쓸 때 어떤 장면이 특히 좋았느냐고
물었더니 성해나는 "마지막 장이요"라고 답했다. 고베의

파친코장으로 떠난 재하가 편지를 올리는 부분.

"고베에 가서 새로운 국면을 맞이하는 재하를 그릴 때 정말 행복했고, 쓰는 내내 그의 복을 빈 것 같아요. 재하가 고베에서 수취인 불명의 편지를 봉하면서 이런 생각을 해요. "누구든 그곳에서는 더이상 슬프지 않기를"(143면). 그 한마디가 제가 『두고 온 여름』의 인물들에게 가장 전하고 싶은 말이고, 바람인 것 같아요."

성해나는 기하와 재하가 '두고 온 여름'의 시절을 어둡게 되짚거나 무턱대고 낙관적이길 바라지 않는다. 사는 게 다 그렇듯 힘든 순간도 있겠지만 계속 슬프진 말기를, 서로 다시는 만나지 못할지언정 각자 건강히 살아갔으면 좋겠다는 마음을 품는 사람이다.

"기하는 스트리트 뷰를 누비기보다 더 너른 곳으로 삶의 영역을 넓혀갔으면 하고, 재하는 우울 대신 낙관을 택하며 살아가길 바라요. 고베에 가서 재하가 찍는 선명하고 생기로운 사진들처럼요. 두 사람은 앞으로 영영 만나지 않을 거예요. 그걸 염두에 두고 마지막 장을 썼으니까요. 그래도 먼 곳에서나마 서로를 간간이 떠올리며 복을 빌 것 같아요. 그들이 지나간 시간을 떠올리며 비탄에 잠기기보다 웃음을 지을 수 있기를 바라요. 더이상 돌아보지 않고 나아가길 바라요."

말도 잘 통하지 않는 집주인 오오누키 씨와 한담을 주고받고, 파친코장에서 고된 노동을 하면서도 휴일엔 산책 겸 출사도 나가며 편지를 쓰는 재하라면 어쩐지 꿋꿋하게 살아갈 수 있을 것 같았다. 기하와 재하의 축복을 비는 작가 개인의 소망도 궁금했다. 여전히 '이 생에서 건강히 살아가고 싶다'는 꿈을 꾸는지, 건강한 삶이란 무엇인지, 새로 생긴 소망은 있는지.

"건강한 삶은, 누군가를 온전히 사랑할 수 있는 삶이 아닐까요. 최근에 역에서 기차를 기다리면서 랜덤 재생된 음악을 듣다가 운 적이 있어요. 안치환의「사람이 꽃

보다 아름다워」였어요. 말 그대로 펑펑 울었어요. 사람은 꽃보다 아름답다는데, 나는 왜 끊임없이 누군가를 오해할까, 손해 보지 않을 선에서만 누군가를 사랑하려 하는 건 아닐까 생각했어요. 그동안은 내가 최대치의 사랑을 주면 타인은 그 근사치의 사랑이라도 주길 바랐던 것 같아요. 이제는 그런 욕심에서 조금은 벗어나고 싶어요. 넓고 깊은 그릇을 가진 사람이 되고 싶어요. 사랑하고, 누군가를 넉넉히 이해할 수 있는 사람이요."

이어 성해나는 내가 꼭 들어보았으면 하는 노래가 있다면서, 송골매의 「세상만사」와 Mamas Gun의 「You make my life a better place」를 추천했다. 전자의 노래는 나랑 잘 어울린다며 고개를 끄덕였고, 후자의 노래는 힘들 때 들어보라며 권했다. 인터뷰가 끝나고 집으로 돌아가는 길, 두 곡을 번갈아 들으며 성해나가 그의 꿈과 소망에 묵묵히 걸음을 옮기고 있다고 생각했다. 어떤 사랑은 책임감이자 사려 깊은 마음. 성해나는 소설을 쓰며 그런 사랑을 실천하고 있는 게 아닐까. 성해나의 소설 속 인물들은 듬직한 성해나와 함께 걷는 것을 분명 좋아할 것이다. 따라 걷다 보면 기차역에서 엉엉 울어버리는 뒷모습이나, 신나게 평면도를 그리는 손, 인물을 이해해보려고 따라가기 어려운 수업을 묵묵히 듣는 눈동자를 만날 수 있겠지. 그런 생각을 하다보니 『두고 온 여름』의 네 사람이 함께 보낸 시간과 간극 속에서 저마다의 방식으로 표현하고자 한 감정이 전해지는 것도 같았다. 영영 헤어진 상태로도 함께 살아가기. 천천히 나아가기. 넉넉히 이해하고 사랑하는 마음으로.

金裕娜 | 소설가

우리가 두고 온 마음

　나의 할머니는 육년 전 여름, 세상을 떠났다. 그녀가 남긴 것은 많지 않았다. 나무로 만든 묵주, 신발 몇켤레, 연식이 오래된 폴더폰…… 휴대폰 앨범에는 그녀가 찍은 사진이 한장 있다. 식물원에서 찍은 듯한 노란 국화 사진이다.

　잠이 오지 않는 밤마다 나는 그 사진을 가만히 들여다보고는 한다.

　초점도 맞지 않고 다소 흔들린 사진을 보며,

　이날 할머니는 얼마나 들떴을까. 국화가 만개한 그곳은 얼마나 아름다웠을까. 그녀는 살아 있다는 기분을 느꼈을까.

생각해본다. 그녀에게 못다 한 말들을 조용히 중얼거린다.

한때는 내 곁에 있었지만 떠나간 이들을, 깨끗이 털어내지 못해 자꾸 뒤돌아보게 되는 마음을 정리하며 이 소설을 썼다.

*

소설을 송고한 뒤에도 미련과 후회가 남아 한동안 뒤숭숭했던 것 같다. 그 섬약한 마음을 다정히 어루만져주고 문장을 찬찬히 훑으며 윤기를 내준 최수민 편집자님, 부끄러워 감추어둔 소설을 다시 꺼낼 수 있도록 도와준 박지영 편집자님께 깊이 감사드린다.

부드럽고 조심스럽게 서사를 짚어나가며 이야기를 나누고 글로 남겨준 유나 언니에게도, 진중한 시선과 온화한 마음을 담아 추천사를 써주신 윤성희 선생님께도 감사를 전한다. 두 사람과 함께할 수 있어 더없이 기쁘고 든든

했다.

첫 독자를 자청하며 내게 큰 용기를 주신 부모님, 다음 작품을 기다리겠다며 늘 격려해주시는 독자 분들에게도 감사하다. 오래 묵혀둔 작품을 다시 이어갈 수 있었던 것은 온전히 그들 덕분이다.

*

소설의 마지막 장을 쓸 때마다 내가 두고 온 인물들이 그곳에서 행복하기를, 평온하기를 빈다. 나도 모르는 세계에 그들만 남겨두었다는 죄스러움을 사하기 위함도 있지만, 그보다는 그들의 삶이 마침표로 끝나지 않고 쉼표로 남아 오래 흐르기를 희원하기 때문이다.

『두고 온 여름』을 쓸 때도 마찬가지였다. 기하와 재하도 그럴 수 있기를, 그들이 살아갈 나날이 더욱 복되기를 바라는 마음으로 썼다.

그곳에서 기하와 재하는 몇번의 여름을 맞을까.

몇번의 사랑을 하고, 또 몇번의 이별을 준비할까.

나는 어떨까.

이 소설을 읽는 당신은.

우리가 맞을 무수한 여름이 보다 눈부시기를.

어딘가 두고 온 불완전한 마음들도 모쪼록 무사하기를.

바란다.

2023년 2월

성해나